L'Evangile de Damas

Histoire du Cheval de Feu

Pour plus d'informations, veuillez contacter :

Virginia Institute Press/Villa Magna, LLC

PO Box 68425

Virginia Beach, VA 23471

ISBN : 978-1-940178-26-4

Première édition

Image de couverture « Frère et sœur Bretons, William Adolphe Bouguereau, 1871 - reste à la récolte, William Adolphe Bouguereau, 1865. Fichier Source: Sous une licence Creative Commons Attribution »

Imprimé aux États-Unis d'Amérique

Remerciements

Mes remerciements vont tout d'abord à mon vénéré maître : sans lui ce livre n'aurait pas vu le jour.

Ensuite, un merci tout particulier à Francis qui décida de le traduire si généreusement malgré un emploi du temps chargé.

Enfin, mes remerciements vont à tous ceux et toutes celles qui ont donné sans compter, temps et énergie, pour que naisse la version française.

Omar Imady

PRÉFACE

C'est à Amman que j'ai pris connaissance du livre d'Omar Imady, alors que je rendais visite à un ami Syrien réfugié en Jordanie. Ce livre, me dit-on, cherchait son traducteur français. Rentré à mon hôtel, j'en commençais la lecture. Le soir suivant j'avais terminé. Le livre avait trouvé son traducteur. En tant qu'angliciste d'abord, arabisant ensuite, je ne pouvais qu'éprouver un intérêt et une certaine fascination pour une œuvre qui tente de reconstruire un pont entre des rives trop souvent présentées comme distantes et opposées. L'idée, déjà bien présente en moi, que le berceau de notre culture et notre civilisation dites « occidentales » se trouve dans ce si proche Orient du pourtour méditerranéen ressortait confortée par ma lecture.

L'Évangile de Damas est un roman, une œuvre de fiction comme l'auteur tient à le souligner dans son « Avertissement ». Et comme toute œuvre de fiction, ce roman touche la réalité dans ce qu'elle a de plus profond, et de plus mystérieux. C'est aussi un roman à clefs dont la forme est celle d'un Bildungsroman, roman d'apprentissage et d'initiation, sous le regard bienveillant d'anges qui s'assurent du bon déroulement du Plan Divin. Ainsi, deux niveaux de « réalité », celui des anges sur le Mont Hermon, qui peuvent observer les humains sur les écrans de leurs cavernes, mais aussi intervenir et se trouver transportés en quelques secondes dans n'importe quel lieu, et celui des humains influencés par leur subtil pouvoir de suggestion.

La narration est prise en charge par Raqeem, un des anges qui surveillent de près l'évolution du personnage principal, Yune, et qui doit déchiffrer les diverses énigmes qui se rapportent à lui. Au fil des années, sans vraiment connaître le but du Plan, ni le rôle que Yune doit jouer, Raqeem se prend d'affection pour lui. Un des aspects fort et attachant du roman réside dans le lien qui s'établit entre Raqeem, mais aussi d'autres anges, comme Risha, et Yune, sans que celui-ci en ait conscience. Même si chaque ange a une fonction et une tâche bien précise à accomplir, ce ne sont pas des êtres froids, dépourvus d'émotions, bien au contraire. Ne sachant pas tout du Plan, ni du véritable objet de leur mission, ils doutent parfois du bien fondé de leurs actions. Des anges, certes, mais finalement assez humains pour se fondre dans la masse lorsque la situation l'exige.

Le jeu qui s'installe entre les deux mondes, barzakh ou Monde Intermédiaire et ce bas-monde, fait apparaître la tension entre destin et libre-arbitre.

Ainsi, même si les personnages, et Yune en particulier, ont l'impression qu'ils exercent leur libre arbitre, les choix semblent s'imposer à eux. Le pouvoir de séduction de Yune, qu'il exerce sans trop se poser de questions lorsqu'il s'agit de choisir ses disciples et de les convaincre de se joindre à lui, n'est pas étranger à l'influence qu'exercent les anges sur les humains. Lui-même est soumis à un destin que son nom même suggère, puisque « Yunus » est la version arabe de Jonas. La référence à l'épisode biblique est d'ailleurs explicite. Quels que soient les obstacles qui se dressent sur son chemin, Yune accomplira la tâche qui lui est assignée dans le Plan. Le plus terrible de ces obstacles, le doute de soi, est pourtant au centre même de la quête car il est essentiel à toute démarche religieuse ou philosophique.

L'aspect sérieux du roman est lié à la voie soufie qui sous-tend le récit. Son aspect ludique réside dans les énigmes que les anges doivent résoudre pour mener leur tâche à bien. Leurs échanges pleins d'humour, leurs dissensions parfois, leur crainte pour Yune et l'affection qu'ils lui portent allègent la tonalité du récit et le chargent d'émotions. Lire L'Évangile de Damas c'est voyager dans le temps et l'espace, renouer avec nos racines profondes, mais aussi avec l'espoir d'un monde meilleur à venir, ici et ailleurs.

Francis Guinle Tunis, janvier 2014

L'Evangile de Damas

Omar Imady

Dédicace

A celui qui a guidé mon cœur, dans l'espoir et la foi que tu tiendras
ma main lorsque je passerai de l'autre côté.

« Voici, de la terre de Syrie j'appellerai à une nouvelle Jérusalem »
Epître des Apôtres

I. A la recherche du Cheval de Feu

Omar Imady

1

Je m'appelle Raqeem, un des huit anges chargés de veiller au bon déroulement des desseins de Dieu sur Terre. A la veille du retour de Celui qui est oint, sept sceaux furent brisés et un Cheval de Feu fut sculpté par les mots contenus dans des rouleaux d'or. Je fus témoin de ces événements, et honoré d'avoir été choisi pour raconter à tous les prodiges qui se sont déroulés devant mes yeux.

Le *barzakh* est le Monde intermédiaire, une sphère cosmique habitée par les anges chargés des affaires terrestres. C'est aussi l'endroit où les âmes des défunts sont gardées jusqu'au jour du Jugement Dernier. A la fin de chaque siècle hébraïque, huit anges sont envoyés du *barzakh* pour remplacer les huit qui ont achevé leur mission sur Terre. Ces anges s'appellent les Gardiens du Dessein. Mes sept compagnons et moi-même sommes arrivés sur Terre quelques instants après le coucher du soleil, le jeudi 1er jour de tishri 5701, qui correspond au 20 septembre 1940, et au 1er de ramadan 1359. Il est prévu que nous quittions la Terre le samedi 1er de tishri 5801, soit le 8 septembre 2040, et le 1er de ramadan 1462.

Bien qu'ayant forme humaine, nous ne mangeons ni ne buvons. Cependant, nous ressentons la douleur et la joie, et nous éprouvons le rire et les larmes, ces dons sacrés des enfants d'Adam. Nous sommes protégés de la mort, mais pas de ses agents. Notre siège est le mont Hermon, la porte d'accès d'origine du Paradis, comme en témoigne le *Livre d'Hénoch*. A chacun d'entre nous, le secret d'une qualité a été confié, comme nos propres noms en attestent. Le mien, Raqeem ou « inscription », signifie que mon don consiste à tisser des liens entre des segments en apparence disparates, comme les lettres tissent des mots, ou les sons se combinent en musique.

Pendant presque vingt-six ans, les tâches qui nous ont été confiées étaient essentiellement liées aux crises qui se produisaient partout dans le monde. Mais mes compagnons et moi attendions impatiemment une mission bien différente, une mission qui devait préparer le monde à un événement dramatique. Un événement qui aurait un impact important sur la nature et sur l'intensité de la spiritualité humaine.

Cependant, nous savions bien que de telles missions étaient rares, et que de nombreux Gardiens du Dessein étaient venus sur Terre et repartis sans avoir eu l'honneur d'accomplir une telle tâche. Mais soudain, Wahi arriva.

Wahi n'est pas l'un d'entre nous. Non seulement il occupe un plus haut rang, mais il est aussi notre lien avec la Volonté divine, une sorte de super-émissaire, si vous voulez. Tout ce que nous contribuons à révéler, chacune de nos démarches pendant notre séjour sur cette planète, nous est inspiré par des messages que Wahi nous transmet. Lorsque Wahi arriva de la Septième Sphère, nous comprîmes tous qu'il se passait quelque chose d'important. Cela devait forcément être important. Bien qu'aucun d'entre nous n'ait jamais été invité dans la Septième Sphère, il était parfaitement clair qu'il s'agissait d'un endroit où d'importantes décisions étaient prises et transmises. Bon, prises, peut-être pas, mais transmises certainement. Lorsque Wahi s'approchait, nous ressentions comme un souffle de vent et de la lumière, une combinaison étrange, presque comme une brise électrique. Sa voix, à la fois chaude et distante, allait de pair avec son sens de la présence. « Assurez-vous d'ouvrir chaque rouleau au moment prévu », dit-il en me tendant une boîte en bois contenant des rouleaux d'or réservés à la mission la plus importante qui nous fut jamais confiée. « Révélation périodique », le terme technique pour désigner ce sur quoi Wahi insistait, signifiait que non seulement il s'agissait d'un message d'une extrême importance, mais aussi que même moi, l'ange chargé de superviser des missions d'En-Haut, je n'en connaîtrais pas la véritable nature avant la toute fin. Je regardai Wahi disparaître dans le ciel resplendissant au-dessus du mont Hermon, et portai les rouleaux dans ma caverne.

La boîte en bois était faite à partir de branches du *sidrah*, le jujubier qui marque la limite de la Septième Sphère. Je portai la boîte à mon visage pour en inhaler son parfum sacré. A l'intérieur, sept cylindres de verre étaient soigneusement rangés. Les rouleaux d'or étaient placés à l'intérieur de ces cylindres. On sait que le moment est venu de briser un cylindre lorsqu'il se met à briller, un peu comme une ampoule, mais beaucoup plus resplendissant. L'un d'eux brillait déjà lorsque j'ouvris la boîte. Pour briser un cylindre, il faut le tenir des deux mains et appuyer sur le point central. Il est fait de telle sorte que lorsqu'on appuie, il se brise comme s'il était parfaitement fendu avec une lame électrique. Le premier cylindre contenait deux rouleaux d'or portant chacun un chiffre pour indiquer celui qui devait être ouvert le premier. Je savais bien que ces fines feuilles d'or ne pouvaient ni se déchirer ni se briser, cependant j'ouvris le rouleau numéro un avec beaucoup de précaution. Les mots suivants y étaient gravés :

Un Cheval de Feu naîtra dans la cité du Christ du ventre d'une huguenote et d'un Chevalier Ouzbek.

Cela n'était pas une devinette, du moins pas de façon intentionnelle. Il ne s'agissait pas de rendre le message difficile à comprendre. Le choix des mots dans ces messages reflétait ce que la Volonté divine estimait important, les éléments essentiels en quelque sorte. Cela dit, je n'ai que rarement trouvé ces messages faciles à comprendre, et ce message-là n'était pas une exception. Il me fallait suivre les indices, et le premier était le Cheval de Feu. Je savais que le Cheval de Feu était le nom d'une des années du calendrier chinois, mais j'avais l'impression qu'il y avait beaucoup plus à découvrir. Il était temps d'aller voir Feï.

Lorsque nous, les Gardiens du Dessein, voyageons, notre destination se précipite à notre rencontre. Nous faisons un pas et nous nous trouvons subitement là où nous voulons aller. Quelques humains ont possédé un tel don. Dans la tradition juive, on les connaît sous le nom de *kefitzat ha-aretz*, ou « ceux pour qui la terre a sauté ». Comme l'ont enseigné les rabbins : « La Terre s'est contractée pour trois hommes : Eliézer, le serviteur d'Abraham, notre père Jacob, et Abishal, le fils de Tséruya… » Dans la tradition mystique islamique, on les connaît sous le nom de *ahl al-khitwa*, ou « les gens du pas ».

Nous pouvons aussi influencer les gens pour qu'ils se comportent d'une certaine manière. Mais nous évitons de le faire autant que possible, car la réceptivité des gens à ce genre d'influence varie. Leur comportement ne reflète pas toujours parfaitement ce que nous voulons qu'ils fassent. Mais ce soir, c'était différent. L'homme que je voulais rencontrer possédait l'art de subir l'influence angélique à la perfection. En un pas, je me trouvai à Hangzhou, une ville chinoise proche de Shanghai. J'entre chez Louwailou, ou la Tour au-delà de la Tour, un restaurant surplombant le lac de l'Ouest. Et je ne suis pas du tout surpris d'y trouver Feï assis, le visage souriant.

« Tu voulais donc me voir. J'avais commandé : les crevettes et le thé vert Dragon Well. Nul ne devrait traverser la vie sans y avoir goûté. Tu t'obstines dans la règle de ne rien manger. »

« Si je pouvais manger, Feï, je t'assure que je ne mangerais certainement pas de crevettes ! »

Lorsque nous avons affaire aux humains, nous prenons divers déguisements. Nos traits changent à la minute où nous pensons à la personne que nous voulons être. Les gens devant qui nous nous présentons comme nous sommes réellement, des anges sous forme humaine, sont triés sur le volet. Feï était une de ces exceptions, mais s'il envisageait sérieusement partager nos secrets avec quiconque, le souvenir de nos rencontres serait instantanément effacé.

« Eh bien, Raqeem, j'imagine que tu as besoin d'informations en matière d'astronomie chinoise ? »

« C'est bien cela, Feï. Je t'en prie, dis-moi ce que l'année du Cheval de Feu a de particulier. »

Feï était un homme érudit et éloquent. C'était Mizan, l'ange chargé des secrets de la sagesse et un de mes compagnons sur le mont Hermon, qui me l'avait présenté. Le monde de Feï était centré sur l'astronomie, et sa franchise envers moi lui faisait aborder rapidement les sujets qui m'intéressaient.

« Contrairement à l'année du Cheval qui a lieu tous les douze ans, l'année du Cheval de Feu a lieu tous les soixante ans. La dernière année du Cheval de Feu était en 1906. La prochaine commencera dans une semaine jour pour jour, le 21 janvier 1966, et se terminera le 8 février 1967. »

« Intéressant ! »

« Les enfants nés pendant l'année du Cheval de Feu sont, en somme, des Chevaux poussés à l'extrême. Ils ont toutes les qualités d'un enfant né pendant l'année du Cheval, individualisme, amour de la liberté, haine de la médiocrité, mais portées à leur paroxysme. Cela se traduit par une créature dangereuse, destinée à devenir célèbre, en bien ou en mal, porteuse de tragédie ou d'un destin spectaculaire. Mais voilà, mon ami, qui voudrait prendre un tel risque ? C'est pour cette raison que des femmes qui doivent bientôt enfanter prévoient de se faire avorter. »

L'Evangile de Damas

L'idée d'avorter le don d'un enfant me donna un haut-le-cœur.

« Y a-t-il autre chose que je devrais savoir ? »

« Oh oui, dit-il tendant la main pour prendre son verre de vin de Shoaxing, les Chevaux de Feu sont très dangereux lorsqu'ils sont amoureux. Le peu de contrôle de soi qu'ils peuvent exercer s'envole au contact de la passion que l'amour déchaîne en eux. »

Mes sept compagnons et moi habitons dans des cavernes entourant le sommet de la montagne, camouflées par la nature et connectées entre elles par un réseau de galeries. Quatre de mes compagnons ont été dotés d'un aspect féminin. Risha, chargée des secrets de la subtilité et de la séduction ; Sakinah, chargée des secrets du confort spirituel ; Rahma, chargée des secrets de l'amour ; et Nour, chargée des secrets du changement spirituel. Comme moi, les trois autres ont revêtu un aspect masculin. Sour, chargé des secrets de la loi et de l'organisation ; Asa, chargé des secrets de la lignée et de l'autorité, et finalement Mizan, chargé des secrets de l'harmonie et de la sagesse.

Il fait presque toujours froid sur le mont Hermon, et en janvier, fréquentes sont les fortes chutes de neige. Je vis dans une jolie caverne bien dissimulée. Je m'y réfugie habituellement pour réfléchir avant de prendre une décision importante. Je pris le premier rouleau pour lire à nouveau le message. *Un Cheval de Feu naîtra dans la cité du Christ...* Quelle est la cité du Christ ? Il devait y avoir là un sens caché. Je savais que j'avais de nouveau besoin d'aide.

Damas, comme toutes les grandes villes, abrite quarante hommes et femmes dont le cœur est si pur, qu'ils sont capables de compenser la noirceur de tous les autres cœurs de la ville. On nomme ces quarante *abdal*, ou « substituts », car, lorsque l'un d'entre eux meurt, elle ou lui est immédiatement remplacé par un autre. C'est un processus qui ne s'arrête qu'à la fin du monde. Parmi les quarante se trouve un Réformateur chargé de diagnostiquer la maladie spirituelle la plus importante de son temps et d'en prescrire le remède. Il ne faut pas confondre ces quarante avec les soixante-dix *tzadikim*, ou Justes, qui sont des *abdal* d'un rang plus élevé, connus de Dieu seul. Le cœur des *tzadikim* n'est pas rattaché à une ville particulière, mais plutôt à la Terre tout entière. Parmi eux, on trouve les quatre *awtad*, ou « piliers » et le *qutb*, le « Pôle ». Ensemble, ils forment une tente invisible, comme s'ils protégeaient le monde de lui-même !

Sous divers déguisements, j'en étais arrivé à connaître les quarante abdal de Damas, et lorsque l'un d'entre eux mourait, Wahi me tenait informé de son remplacement. Le rabbin Eliézer, un juif de Damas, avait un cœur d'or. Il me connaissait en tant que riche juif d'Afrique du Nord qui se rendait souvent à Damas. « Yusuf, me répétait-il, je serai le dernier rabbin de cette synagogue. Après moi, on viendra visiter cet endroit comme s'il s'agissait d'un musée. » Le rabbin Eliézer vivait dans le quartier juif, tout près de sa synagogue. Le soleil allait se coucher lorsque je frappai à sa porte. Une servante, portant un petit foulard coloré sur la tête, me fit entrer et me conduisit dans la cour. Quelques moments plus tard, le rabbin Eliézer arriva. Il faisait un peu frais, mais le temps était encore agréable.

« Yusuf, quelle bonne surprise ! Tu disparais jusqu'à ce que je me dise Yusuf ne reviendra plus jamais, puis tu réapparais jusqu'à ce que je me dise Yusuf ne repartira plus jamais ! Un autre voyage d'affaire, je suppose... Assieds-toi, assieds-toi mon ami. »

Une petite fontaine ajoutait une touche de douceur à l'atmosphère déjà sereine de cette cour intérieure damascène.

« Rabbin, je me demandais si tu pouvais m'aider à résoudre quelque chose. »

Je n'avais jamais demandé son aide au rabbin Eliézer auparavant, et il était visiblement surpris et intrigué.

« T'aider ? Et comment quelqu'un comme moi pourrait-il aider quelqu'un comme toi ? »

« Je me demandais, rabbin, où se trouve la cité du Christ ? »

A son air, on aurait pu croire que j'avais posé au rabbin Eliézer la question à laquelle il ne se serait jamais attendu.

« La cité du Messie ? Où as-tu entendu parler de cela ? »

A voir son visage, il était évident que j'avais abordé là un sujet très sérieux.

« J'ai surpris une discussion, et il semblait y avoir une telle confusion quant à son lieu exact que je me suis dit, le rabbin Eliézer devrait connaître la réponse. »

« Il n'y a aucune confusion, mon ami. La cité du Messie, c'est Damas. »

« Damas ? »

« Oui, mon ami, c'est bien Damas. La plupart des rabbins le savent. Et la plupart d'entre nous n'aiment pas cette idée. Qu'est-ce que Damas après tout pour recevoir un tel honneur ? Pourquoi placer Damas avant Jérusalem ? Mais *le Livre de Zacharie* est clair. Ses paroles ne laissent aucun doute. Certains rabbins ont cherché un moyen de détourner cela. Mais ce n'est que de la logique créative, tu sais. Le Messie apparaîtra à Damas. »

Le rabbin Eliézer s'arrêta un instant, comme pour s'assurer qu'il faisait bien ce qu'il fallait faire, puis il dit : « J'ai quelque chose pour toi. Je vais le chercher. Attends ici. »

Le rabbin Eliézer revint quelques instants après, tenant un petit livre qui semblait ne pas avoir été ouvert depuis longtemps.

« Yusuf, prends ceci. Je l'ai écrit il y a des années et je l'ai envoyé à mon ami, le rabbin Isaac d'Alep. Il répondra à toutes tes questions sur le fait que Damas soit la cité du Christ. »

Merci, rabbin, merci. »

« Eh bien, tu dois m'excuser à présent, mais j'ai une visite importante à faire. »

« Oui, bien sûr. Merci pour ta précieuse aide. »

De retour dans ma caverne, je réfléchis à ce que j'avais appris jusque-là. Un enfant devait naître à Damas, entre le moment présent et février de l'année prochaine. Qui cet enfant pouvait-il être ? Je lus le rouleau une nouvelle fois.

Un Cheval de Feu naîtra dans la cité du Christ du ventre d'une huguenote et d'un Chevalier Ouzbek.

« Eh bien, qu'en penses-tu, Risha ? » demandai-je, en me rendant compte qu'elle se trouvait juste derrière moi. « Qu'est-ce que le ventre d'une huguenote, Risha ? »

« Voilà donc que tu décides de partager tes informations. Quoi qu'il arrive, Raqeem lit, Raqeem tisse, et nous, nous apportons notre aide sur commande. »

« Voyons, c'est bien ainsi que les choses sont supposées se passer. Mais lorsque l'ange de la subtilité décide de s'en mêler, je ne peux pas faire grand-chose ! Alors qu'en penses-tu ? »

« Le ventre doit faire référence à sa mère. Elle doit descendre de huguenots. Si je ne me trompe pas, les huguenots étaient des protestants français. Donc cette femme est peut-être française ou bien elle a des ancêtres français. Elle a dû épouser un homme de Damas qui, lui, descend d'un chevalier ouzbek. »

« Pas mal, Risha. Mais comment trouver une femme dont les ancêtres appartenaient au mouvement protestant français il y a des siècles ? »

« Eh bien, voyons, le fait qu'elle descende des huguenots est probablement un des aspects majeurs qui la désignent comme la mère de cet enfant. Mais pour ce qui est de la trouver, tout ce que tu dois savoir c'est quels pays européens, à part la France, sont les plus associés aux huguenots. »

« Et si elle était Américaine ? »

« Dans ce cas nous recherchons une Américaine dont les ancêtres ont émigré depuis ce pays européen. Tu vois, c'est très simple, trouve le bon livre. »

Je suis devenu amoureux de la bibliothèque Suzzallo pendant un court séjour à Seattle. Une jeune fille avait été enlevée, et ses ancêtres étaient tenus en si haute estime par Dieu que l'on m'avait envoyé avec Asa, pour m'assurer de sa libération et de son retour dans sa famille. Nous l'avons trouvée dans un garage en dehors de Seattle. Son kidnappeur était sur le point de lui ôter sa robe lorsqu'il s'est soudain aperçu que nous le regardions fixement. Asa s'est tellement emporté qu'il a immédiatement frappé l'homme sur la tête. Le même soir, après avoir rendu la jeune fille à ses parents, j'ai découvert la bibliothèque et j'ai monté l'escalier de marbre qui conduit à la salle de lecture des étudiants, soixante-cinq mètres de haut, avec des arcs de style Tudor enjambant l'espace central. Lorsqu'elle est ouverte aux visiteurs, on l'éclaire à l'aide de magnifiques lustres. Mais j'arrivai après la fermeture. Entrer par effraction dans les bibliothèques n'est pas vraiment un rituel angélique, mais, contrairement à Asa, il m'était impossible de quitter Seattle sans avoir fait une recherche sur la famille de la jeune fille. Il fallait que je sache exactement ce qui la rendait aussi importante. Il s'avéra que son arrière-grand-mère maternelle était responsable du haut rang spirituel de la famille. Elle avait voué sa vie aux orphelins de

Seattle en sortant de jeunes enfants de la rue et en leur offrant un abri sûr. A son tour, son arrière-petite-fille fut protégée et rendue saine et sauve à sa famille. La Volonté divine n'est-elle pas poétique ?

Ce soir-là, mon excursion dans la salle de lecture des étudiants avait un tout autre objectif. Comme il pleuvait dehors, je me plongeais dans *Une Soif de liberté : l'histoire des huguenots*. Une heure plus tard, je prenais un autre livre, *Histoires de survivants huguenots*. J'en terminai la lecture peu avant l'aube. Je contemplai le vitrail, que pénétraient de nombreux rayons de lumière, et par le simple acte de ma volonté, je retournai au mont Hermon.

« Alors, qu'as-tu découvert ? »

« Eh bien, de toute évidence, le mot clé c'est la France. Mais mon attention a été détournée. »

« Détournée ? »

« Oui, je suis tombé sur cette histoire, et je ne sais pas pourquoi, mais je n'arrêtais pas de la lire et de la relire. »

« Raconte-moi. »

« Voilà, il y a cet homme. C'est un médecin. Il s'appelle William Rippon. Il s'est échappé de Paris la nuit du massacre de la Saint-Barthélemy, lorsque des milliers de huguenots furent tués. Il a d'abord voyagé en Angleterre, puis en Ecosse et finalement, il s'est installé à Lisbonne. Au début du XIXe siècle, un de ses descendants, Matthieu, est supposé avoir souffert d'étranges illusions. »

« Comment cela ? »

« Eh bien, il semble qu'il ait été convaincu que sa mission était de préparer le monde à la Seconde Venue du Christ.

« Du Christ ? »

Tu peux imaginer comment cela a été reçu. Son père était si inquiet à son sujet qu'il l'a mis sur un bateau et l'a envoyé…

« En Amérique ? »

« Oui, les descendants de cet homme, la famille Rippon, se sont installés principalement à New Rochelle, une ville proche de New York. »

Omar Imady

« Je comprends pourquoi ton attention a été détournée. Peut-être as-tu raison. Peut-être que le ventre huguenot descend de Matthieu. »

« Je n'ai pas dit que c'était ma théorie. »

« Mais ça l'est. Bon, écoute, si elle est à Damas, je te promets que je vais la trouver. »

« Comment vas-tu t'y prendre ? »

« Eh bien, d'abord il va falloir que tu m'aides. Vois-tu, nous devons savoir combien de Damascènes vivant à Damas ont épousé une femme étrangère. Disons que tu en trouves trente, je ne peux pas imaginer qu'il y en a plus de trente ! Alors, sur la foi de tes informations on peut commencer à éliminer certaines d'entre elles. »

« Tout au moins, on peut éliminer celles qui ne sont pas enceintes. La femme que nous recherchons est déjà enceinte ou sur le point de l'être. Si elle n'est pas enceinte d'ici le mois de mai, ce n'est pas celle que nous cherchons. »

« Donc, donne-moi une liste, et je commencerai par là. »

Je suis à la Direction de l'Immigration et des Passeports. Un petit immeuble plein d'étrangers qui demandent l'autorisation de rester en Syrie, et de Syriens qui demandent l'autorisation de quitter la Syrie, sans compter des nuées de fumée de cigarettes ! Ce que je veux savoir est très spécifique : le nom et la nationalité des femmes étrangères, Américaines et Européennes, qui résident à Damas parce qu'elles sont mariées à un Syrien. Je m'approche d'un homme en uniforme. Peut-être est-ce à cause de mon costume qui a l'air de coûter cher, ou bien mon attraction innée, mais il avance vers moi comme s'il attendait mes instructions. Ma demande est écrite sur un bout de papier. Je le mets entre ses mains. Il le fixe quelques secondes puis hoche la tête.

Je suis revenu à deux heures de l'après-midi. L'immeuble était à présent presque vide. Bien qu'il restât encore trente minutes avant la fermeture, la plupart des employés étaient déjà partis. Mais mon officier se tenait cérémonieusement près de son bureau. M'attendait-il ? Il me tendit la liste. Je souris en le remerciant, mais il ne fit que me regarder fixement.

« Eh bien, Risha, puisque tu sembles avoir pris goût à ma caverne, aide-moi donc. Il y a trente-six noms sur cette liste ! Nous avons huit femmes Britanniques, six Belges, sept Danoises, onze Russes, et quatorze Américaines ! Qu'est-ce qu'on fait avec ça ? »

« Voyons. Elles doivent se réunir d'une façon ou d'une autre. Je serai la plus récente addition à leur club, une femme étrangère qui se sent seule et qui a envie de vrai café et d'une bonne conversation. »

« D'accord. Mais essaie de paraître moins belle. Plus tu les rendras jalouses, moins elles auront envie de te parler de leurs ancêtres. »

« Raqeem, on dirait que tu me fais du charme ! Le problème, mon ange préféré, c'est que quoi que je fasse, je serai toujours la plus jolie. »

En vérité, Risha était belle. Menue. De longs cheveux clairs aux reflets muscade, et des yeux dont la couleur passait par toutes les nuances du marron au vert. Mais c'était sa présence qui me touchait le plus. Comme son nom l'indique, il s'exhalait d'elle une douce impression de chatouillement, mais pas de manière physique, si cela a un sens.

Un samedi matin, Risha entra dans la maison de la famille Qadri. Elle avait obtenu le numéro de téléphone de certaines des femmes américaines sur la liste en contactant l'ambassade américaine. Elle leur téléphona et elles l'invitèrent très vite à leur prochaine rencontre autour d'un café et d'une tarte aux pommes.

Plus tard, cette nuit-là, Risha avait plein d'histoires à raconter sur les femmes étrangères de Damas. Mais, plus important encore, elle était convaincue d'avoir identifié le ventre huguenot.

« Bien. Voilà, j'entre dans cet appartement et elles étaient là dans leurs jolies petites robes ; les épouses étrangères de Damas. Je me suis présentée comme Vicky et... »

« Vicky ? »

« Ouais. Ça a quelque chose de royal. Et voilà qu'elles me font entrer et qu'elles me couvrent de conseils sur comment survivre sans extrait de vanille, sans fraises, et surtout sans vrai beurre ! Puis soudain, entre une femme aux cheveux longs, marron foncé, et des yeux ! Comment décrire ces yeux ? C'était comme si tout l'amour de la liberté et cet admirable esprit de protestation que possédaient les huguenots autrefois émanaient de ces yeux. »

« Risha, viens-en aux faits, je t'en prie. »

« D'accord, d'accord. On nous a d'abord présentées. Elle s'appelle Jane, Jane Rippin. »

« Tu plaisantes ! On dirait absolument une variante de Rippon ! »

« Elle a une fille. Son mari travaille pour le gouvernement. Ils se sont rencontrés à l'université de Columbia. Et devine quoi ? Il s'appelle Jawdat Bukhari. Tu comprends ? Bukhari de Bukhara, une ville importante en… Ouzbékistan. C'est comme si tout d'un coup tout se mettait en place. Mais ce n'est pas tout. »

« J'écoute, j'écoute. »

« Donc, on s'est mis à parler et je remarque qu'elle s'abstient de manger quoi que ce soit. « Vous n'aimez pas la tarte aux pommes ? » je lui demande en passant. Et elle répond : « Je n'aime rien ce matin. » « Vous en êtes à combien de mois », lui demandai-je en regardant son ventre. « Trois mois. Et depuis combien de temps êtes-vous à Damas ? » demanda-t-elle en changeant rapidement de sujet. Voilà, ça y est. Trois mois. Le terme devrait se situer vers juillet 1966. »

« Risha, je dois dire… »

« Attends, il y a plus. Je lui dis qu'elle a quelque chose d'irlandais. Et elle me dit que son père lui a autrefois raconté qu'on peut faire remonter sa famille à la France et à l'Irlande. Elle a même entendu dire que le premier de ses ancêtres à avoir immigré en Amérique était un homme très pieux forcé de quitter l'Irlande pour échapper à la persécution. »

« Incroyable. Ce doit être Matthew. »

« Peut-être, mais j'ai l'impression que maintenant que tu sais tout ce que tu voulais savoir, tu vas m'écarter. Et je ne vais pas aimer cela. Non, ne détourne pas le regard, je suis sérieuse. Ce n'est pas très malin de contrarier un ange avec des talents comme les miens. »

« Je n'en ai pas l'intention. »

2

La bibliothèque nationale al-Zahiryiah, située au nord-ouest de la Grande Mosquée de Damas, fut fondée au XIIIe siècle par le sultan Baybars. Baybars était l'antithèse de Saladin. Il est célèbre pour avoir reconquis les terres tenues par les Croisés. Il est enterré dans la bibliothèque sous un majestueux dôme rose. Damas peut bien être la ville du Christ, c'est aussi celle des dômes roses. Les dômes roses, souvent construits sur les tombes des saints, sont disséminés un peu partout à Damas. Les Damascènes semblent si habitués à leur présence qu'ils ne se rendent pas compte à quel point ils sont insolites, en particulier à cause de leur couleur. Les jours où la pluie fait place au soleil, ils sont vraiment très jolis, surtout vus d'en haut.

J'étais à la Zahiryiah, car il fallait que je sache pourquoi la famille Bukhari avait été choisie, non pas par simple curiosité, mais aussi pour mettre un terme au doute que je pouvais encore entretenir.

Les historiens musulmans étaient obsédés par l'écriture des *Kutub al-rijal*, ces livres qui contiennent de courtes biographies de tous les hommes importants, parfois même de femmes, vivant en un siècle donné de l'islam. Certains étaient des ouvrages d'ordre général, d'autres visaient plus spécialement les villes. Dans le grand Hall Baybars, je trouvai une collection d'ouvrages sur les savants et les notables de Damas. Ils commençaient par le XVIe siècle et continuaient jusqu'aux temps présents.

Kasbay, le père de Imad al-Din Bukhari, était soldat dans l'armée du prince Mamelouk Janberdi al-Ghazali, le dernier souverain Mamelouk de Damas. Initialement, al-Ghazali avait rejoint les Ottomans, mais après la mort du sultan Salim en 1520, il se proclama Sultan de Syrie, à la suite de quoi il fut tué par l'armée de Suleyman le Magnifique envoyé reconquérir Damas pour les Ottomans. Kasbay survécut à la bataille et se retira dans une petite maison d'Anaba, dans la banlieue de Damas. Pour son fils, Imad al-Din, il choisit une tout autre voie : l'étude de la jurisprudence islamique. Imad al-Din devint un important savant de l'école de droit musulman *hanafite*. Dans l'islam sunnite, il y a quatre écoles de droit, *hanafite*, *shafi'ite*, *malikite*, et *hanbalite*. Les Mamelouks favorisaient l'école *shafi'ite*, mais les Ottomans étaient *hanafites* dans l'âme et Imad al-Din suivait le courant. Son fils Hamid surpassa son père et devint *mufti*, l'autorité religieuse suprême, de Damas, un poste plus tard occupé par six autres Bukhari. Dès le XVIIIe siècle, les Bukhari avaient abandonné l'érudition pour la gestion de la fortune colossale amassée par leurs ancêtres, car les sultans avaient pour coutume de léguer des villages entiers aux savants religieux estimés. Au début du XXe siècle, à la naissance de Jawdat, la plus grande partie de cette fortune était perdue. Jawdat est né dans une famille d'aristocrates ruinés. Son éducation supérieure en économie à l'université de New York, grâce à une bourse du gouvernement, et son ascension en tant qu'important technocrate dans le gouvernement syrien représente, en quelque sorte, la renaissance des Bukhari aux temps modernes.

Les Bukhari étaient, de toute évidence, une famille intéressante, mais je n'étais pas encore tombé sur quoi que ce soit qui expliquât clairement pourquoi ils avaient été choisis. Leurs savants religieux avaient leur importance, mais je ne trouvais rien qui aille au-delà de leur contribution intellectuelle et la réussite de leur carrière. C'est alors qu'au milieu de ce qui devait être la phase du déclin des Bukhari, alors même que leur fortune avait commencé à fondre, je tombai sur la biographie d'Ahmad Bukhari, un notable damascène mort en 1888. D'après sa notice biographique, il avait épousé une femme d'Abyssinie qui avait été domestique, fait rare au XIXe siècle à Damas. Encore plus intéressant est le fait qu'Ahmad habitait la Qaymariya, près de Bab Touma, ou la Porte de Thomas, un quartier de Damas à dominante chrétienne. C'est important, car les massacres sectaires qui avaient commencé au mont Liban entre les maronites et les Druzes atteignaient Damas. Des bandes de musulmans attaquaient les quartiers chrétiens, tuant maints habitants et détruisant de nombreuses maisons.

Quelques musulmans s'opposèrent à ces bandes en colère et protégèrent tous les chrétiens qu'ils purent. Abd al-Qadir al-Jazari, le prince algérien qui vivait en exil à Damas, avec ses gardes personnels, sauva de nombreux chrétiens et ses actions furent plus tard reconnues par le monde occidental. Mais Ahmad Bukhari, l'arrière-grand-père de Jawdat, n'avait ni fusils ni gardes et ses tentatives pour protéger ses voisins ne furent reconnues par personne. Pourtant, il ouvrit sa maison aux chrétiens qui fuyaient les bandes, risquant ainsi sa vie et mettant sa famille en danger. La biographie d'Ahmad mentionne même que des chrétiennes accouchèrent dans la maison d'Ahmad. Un des deux enfants qui y sont nés devint médecin et était connu pour ne jamais accepter d'argent pour soigner un membre de la famille des Bukhari.

Je souriais en lisant la biographie d'Ahmad. Les anges savent lorsqu'ils ont trouvé ce qu'ils cherchent, même s'ils n'arrivent pas à l'expliquer aux autres. Peut-être s'agissait-il du fait qu'en tenant compte de la femme africaine d'Ahmad, le Cheval de Feu représentait quatre continents : L'Asie et l'Afrique, à travers la lignée paternelle ; l'Europe et l'Amérique, à travers la lignée maternelle. Ou peut-être était-ce le fait qu'Ahmad était prêt à tout faire pour protéger un groupe de gens qui appartenaient à une autre croyance. C'était là une sorte de bonté rare. Non pas celle que l'on manifeste envers des membres de sa propre croyance, mais plutôt celle que l'on manifeste envers ceux qui appartiennent à un groupe différent au moment où ils sont le plus vulnérables. Tout comme l'histoire de Matthew Rippon, la biographie de Ahmad Bukhari était tout à fait ce dont j'avais besoin pour chasser le moindre doute sur le fait que les Bukhari étaient bien la lignée paternelle du Cheval de Feu.

3

Une fois les parents de cet enfant identifiés, il me fallait de nouvelles instructions. Il y avait deux rouleaux dans le premier cylindre. La tâche fixée par l'un d'entre eux était accomplie. Il était temps d'ouvrir le second :

Colombe sera le nom de la nouvelle lune et Sakinah sera là lorsqu'il arrivera à midi.

« Colombe. Intéressant. A quoi cela correspond-il ? »

« Aucune idée. Ce n'est peut-être qu'une métaphore ? »

« Ou c'est peut-être de l'hébreu ? »

« Pourquoi de l'hébreu ? »

« Pense en termes bibliques, Risha. »

« Je n'arrive pas à penser en termes bibliques, Monsieur Raqeem. »

« La question est qui, parmi les prophètes de la Bible, avait un nom qui signifiait « colombe » ou quelque chose de ce genre. »

« Je ne pourrais pas le deviner, même si notre mission tout entière en dépendait. »

« Asa doit savoir. Allons lui rendre visite. »

La caverne d'Asa se trouvait plus haut sur le sommet. En entrant, nous le trouvâmes, qui lisait un grand livre. Il avait son air royal, superbe, comme d'habitude. Dans un des coins, je remarquai son sceptre, le symbole de son autorité.

« Asa, nous sommes vraiment désolés de t'interrompre. Nous avons seulement une question brève. Parmi les prophètes de la Bible, y en a-t-il un qui se nomme « colombe » ? »

« Jonas. »

« Jonas, celui qui a été avalé par la baleine ? »

« Je ne suis pas certain qu'il apprécierait d'être défini comme tel, mais oui, Jonas, celui qui réussit à convertir sa ville au monothéisme. »

Après avoir dit cela, comme pour signifier que la conversation était terminée, il rouvrit son livre et s'y absorba.

De retour dans ma caverne, je demandai à Risha : « Comment allons-nous nous y prendre pour pousser Jawdat et Jane à appeler leur fils Yunus, la version arabe de Jonas ? »

« C'est très facile, tu les séduis. »

« Risha ! »

« Ecoute, je vais inventer une histoire au sujet de cet homme extraordinaire nommé Yunus, et je la raconterai à Jane lors de notre prochaine rencontre autour d'un café et d'une tarte aux pommes. »

« Comment la rendras-tu séduisante ? »

« Je ne rends pas les choses séduisantes. Tout ce que je fais est séduisant, un point c'est tout. »

« J'ai ouvert le Coran l'autre jour, dans une traduction anglaise, et on y parlait de Jonas. La version arabe, Yunus, est magnifique. Quant à l'histoire, comment dire ? Vous admettrez qu'il y a quelque chose de singulier dans cette idée d'un homme à l'intérieur d'une baleine. C'est comme se trouver dans le ventre maternel. »

Risha regarda Jane avec un petit sourire. Quelques unes des femmes se mirent à rire, mais Jane parut clairement intéressée et désira que Risha continue.

« C'est sombre, c'est humide. Je me demande s'il pouvait entendre battre le cœur de la baleine. »

Laura, de Pittsburgh, intervint : « Mon mari m'a dit un jour qu'en fait il pouvait entendre les poissons dans la mer rendre grâce à Dieu. »

Emily, de Mansfield, ajouta : « Ce qu'il y a de merveilleux au sujet de Jonas, c'est que, bien qu'il ait fait quelque chose de pas très convenable, il semble être le seul prophète de son temps qui réussit à convertir la ville où il avait été envoyé. » Jane approuva d'un signe de tête. Risha se joignit à nouveau à la conversation : « Oui, Emily, on dirait presque que si on veut réussir, il faut faire comme Yunus. Il faut avoir été dans un ventre non pas une fois, mais deux. » A présent toutes les femmes réunies dans la pièce riaient, toutes sauf Jane qui semblait penser à une idée qui lui plaisait bien.

Les cavernes des Gardiens du Dessein ont toutes un grand écran fixé à l'un des murs. Lorsque nous voulons observer ce qui se passe dans n'importe quel endroit de la Terre, il suffit de s'asseoir devant cet écran et de nous projeter par le cœur vers un lieu spécifique ou vers une personne particulière. L'écran s'anime alors d'images vivantes. Lorsque l'on projette son cœur dans un autre endroit, c'est comme si on changeait de chaîne, et les images changent immédiatement. Ce soir-là, Risha et moi étions assis sur mon canapé en velours vert, et nous regardions Jawdat qui rentrait du travail, tard, comme d'habitude. Il entra dans la chambre. Jane qui l'attendait, allongée sur le lit, sourit et l'informa que oui, son père s'appelait Idris, eh oui, c'était peut-être la coutume ici de donner aux fils le nom de leur grand-père, cela dit, si l'enfant qu'elle portait était un garçon, il s'appellerait Yunus et pas autrement.

« Yunus ? Mais, Jane, tu n'arrives même pas à le prononcer correctement ! »

« J'ai déjà pensé à un surnom pour contourner cette difficulté. »

« Un surnom ? Quel surnom ? »

« Je te le dirai. Bonne nuit. »

En disant cela, elle éteignit la lumière à la droite du lit et ferma les yeux. Et, alors qu'elle sombrait lentement dans le sommeil, son esprit semblait sans cesse tenter d'imaginer ce que ressentait son enfant à l'intérieur de son ventre.

Une éruption solaire majeure a été observée le 7 juillet 1966 avec une résolution temporelle de 81,8 secondes. Quelque chose était sur le point de se produire. Je le savais, car les éruptions solaires indiquent l'imminence d'un événement important ; j'entrai dans la caverne de Risha qu'elle avait transformée en une gigantesque armoire ! Elle se tenait devant un miroir, et essayait des chapeaux.

« Depuis quand viens-tu dans ma caverne ? »

« Écoute, il faut que tu téléphones à Jane. Il faut savoir si le travail a commencé. »

« J'ai beaucoup d'avance sur toi. J'ai téléphoné tous les jours depuis la semaine dernière. Personne ne répond. J'ai téléphoné à une amie à elle et j'ai découvert que Jane et sa famille sont à Latakieh. »

« Latakieh ? Ce n'est pas possible. L'enfant va naître d'un jour à l'autre. Il faut qu'ils reviennent. »

« Tu peux essayer de les influencer. »

« Nous devons essayer tous les deux. »

« D'accord. J'espère seulement que Jane est le genre de personne qui réagit bien, ou du moins, de façon prévisible à la suggestion. As-tu prévenu Sakhinah ? »

« Oui, ne t'inquiète pas pour Sakhinah. Si l'enfant naît à Damas, elle sera là. Elle est infirmière à l'hôpital italien depuis trois mois. »

« On peut faire confiance à mon Raqeem ! »

Cet après-midi-là, le jeudi 7 juillet, Jane informa soudain tout le monde que si elle n'était pas à Damas dans les heures qui suivaient, elle ferait une énorme dépression nerveuse à l'américaine. L'annonce fut faite alors qu'ils prenaient le café, pendant ce que Jawdat pensait, à tort, être un moment tranquille. Il faut environ cinq heures pour faire la route de Latakieh à Damas. Mais le chauffeur de Jawdat, Abu Hadi conduisait à presque 120 à l'heure, et lorsqu'il ralentissait, Jane se mettait à crier : « Il faut que je sois à Damas, je veux accoucher à Damas, il faut que je sois à Damas. »

Le vendredi 8 juillet, au moment le plus chaud du jour du mois le plus chaud de l'année du Cheval de Feu, Yunus, ou Yune comme on l'appellera plus tard, naissait à Damas, la ville du Christ. Sakhinah fut la première à le prendre dans ses bras. Elle souffla une prière sur son visage et le tendit à Jawdat qui récita l'appel à la prière musulman à son oreille droite, puis le plaça dans les bras de sa mère.

L'Evangile de Damas

II . Lorsqu'un enfant tombe amoureux

Omar Imady

1

De retour au mont Hermon, je trouvai Risha qui m'attendait. Étendue sur mon canapé, elle portait une robe couleur rubis.

« L'humeur est à la couleur rubis ? »

« J'ai toujours l'humeur rubis quand un enfant vient de naître ! J'ai l'impression que l'un des rouleaux est prêt à être ouvert. »

« Une impression, dis-tu. Ouvrons donc la boîte pour voir. »

Bien sûr, Risha avait raison. Nous avions achevé la première tâche et il nous fallait de nouvelles instructions. Je brisai le sceau. Comme le premier cylindre, le second contenait deux rouleaux. Risha ouvrit le premier rouleau et lut le message.

Ce que Miriam fut un jour pour Moïse, sa sœur le sera pour lui.
Rahma – 8 années

« Une histoire d'amour, » dit Risha avec un grand sourire.

Nous savions tous les deux que la présence de Rahma signifiait la naissance d'une histoire d'amour ;

« Oui, mais Yune a-t-il une sœur ? »

« Oui, je t'ai déjà dit que les Bukhari avaient une fille. Jane m'en a fait part le jour de notre première rencontre. Pourquoi cette question ? »

« Miriam était la sœur de Moïse. Elle aimait tant son frère qu'elle le suivit dans la maison de Pharaon. Yune et sa sœur semblent voués à la même relation. »

« Ça me donne la chair de poule. »

Je souris à l'idée que Risha éprouvait une telle sensation humaine.

« Donc, notre Yune est censé commencer sa vie par une histoire d'amour avec sa sœur, une sœur dont toi et moi ignorons tout. »

« Eh bien, je vais faire en sorte de la rencontrer la prochaine fois que j'irai chez Jane. »

« Bien. Je vais contacter Rahma. Elle peut se faire passer pour une domestique. »

Oui, et je la recommanderai à Jane. Tu sais qu'elle ne résiste pas à mes suggestions. » Elle dit cela avec un grand sourire, et sortit de ma caverne.

En effet, Yune avait bien une sœur. Son nom était Maryam, Marie en Arabe. Et elle avait à peu près neuf ans de plus que Yune. Contrairement aux yeux de sa mère qui flamboyaient de liberté et de vitalité, ceux de Maryam évoquaient la profondeur et la spiritualité. Risha présenta Rahma à Jane sous le nom de Souad comme la domestique et baby-sitter idéale. Jane parla d'un emploi qu'on lui avait proposé avant son accouchement. Elle n'avait pas pensé que ce serait possible avec un nouveau-né, mais à présent elle y songeait à nouveau.

Ainsi l'idée de la présence fréquente de Rahma put germer dans la maison des Bukhari. L'amour de Yune pour sa sœur grandit à l'ombre de l'ange chargé des secrets de l'amour et, comme Feï l'avait prédit, Yune était insupportable avec tout le monde lorsqu'il était séparé de son amour. Lorsque Maryam arrivait à s'échapper sans être vue pour aller voir une amie, ou tout simplement pour se retrouver seule, Yune, qui d'ordinaire faisait tout pour plaire, devenait tendu, puis insolent, criard, et finalement, si l'absence de Maryam durait plus de deux heures, il devenait violent, mais seulement envers les objets. Ses constructions de Lego se brisaient sous ses coups. Une fois même, il frappa la vitre d'une fenêtre qui aussitôt vola en éclats qui se répandirent sur le sol. Et personne n'y pouvait rien si ce n'est tenter de retrouver Maryam et la supplier de rentrer à la maison en toute hâte.

Lorsque Yune eut environ six ans, son père devint un haut fonctionnaire important du gouvernement syrien : ministre de l'Économie. Mais c'était un technocrate et il se tint à l'écart des gens corrompus et de ceux qu'intoxiquait le pouvoir. Jawdat ne possédait aucune des qualifications nécessaires pour atteindre un tel poste dans la Syrie des années 1970. Il venait d'une famille aristocratique *sunnite*, alors que la plupart des hauts fonctionnaires venaient d'un milieu rural. Il tenait à sa foi alors que la majorité des hauts fonctionnaires était laïque à l'extrême, et non seulement il avait été éduqué en Occident, mais il était marié à une Américaine alors même que le gouvernement syrien était ouvertement hostile à l'Amérique et à tout ce qui s'y rapportait. Jawdat n'aurait jamais été nommé à ce poste sans un événement singulier. Le ministre de la Défense, qui devait plus tard devenir Président de la Syrie, avait besoin de quelqu'un pour lui donner des cours d'économie. Jawdat fut choisi, et lorsque le cours fut terminé, il laissa une impression favorable au général. Lorsqu'en 1971 on proposa à Jawdat un poste aux Nations Unies en dehors de Syrie, il reçut un coup de téléphone du Palais Présidentiel en pleine nuit pour lui demander de rester parce que... son pays avait besoin de lui. Jawdat se sentit aliéné tout le temps qu'il travailla pour le gouvernement syrien. Les mauvais jours, et ils furent nombreux, lorsqu'il se trouvait exposé à la corruption et la violence extrême des hauts fonctionnaires qui l'entouraient, il s'endormait avec cette pensée réconfortante : « Joseph n'était-il pas ministre de l'Économie du Pharaon ? N'était-il pas, lui, monothéiste pur et dur, entouré par le polythéisme Égyptien ? Et pourtant, ne s'est-il pas acquitté de sa tâche tout en satisfaisant son Dieu et en rendant son père et sa mère fiers de lui ? »

Yune comprenait que son père était un homme important et cela renforça la conscience qu'il avait de son d'identité. Mais, avant tout, Yune se consumait d'amour. Bien sûr, il ne s'agissait pas d'un amour romantique. Mais il ne s'agissait pas non plus de l'amour ordinaire que les frères ressentent pour leurs sœurs. Lorsqu'il était près de Maryam, Yune éprouvait simplement une immense impression de paix et de chaleur. Rien d'autre ne lui procurait ce sentiment. C'était aussi simple que cela. Il fallait qu'elle soit près de lui pour qu'il se sente normal.

Les promenades constituaient un des rituels les plus courants de cette histoire d'amour. La principale avait lieu le dimanche, bien que ce ne soit pas un jour férié en Syrie ; Rahma se tenant à quelques pas derrière eux, Maryam lui tenait la main et se lançait avec lui à la recherche de trèfles à quatre feuilles. Le visage de Yune disparaissait presque dans l'herbe alors qu'il cherchait et cherchait encore avec tout son sérieux. En lui-même, le trèfle ne signifiait rien pour lui. Ce qu'il recherchait c'était le plaisir de Maryam, et il imaginait son sourire s'il venait à découvrir la plante magique.

D'autres promenades tournaient autour de la fleur de jasmin. A Damas, beaucoup de maisons sont entourées de jasmin. Maryam et Yune ramassaient alors les fleurs de jasmin tombées par terre et les mettaient dans un petit sac en papier. Lorsque le sac était plein, ils rentraient vite à la maison et s'asseyaient sur le lit de Maryam avec une aiguille et un fil blanc, et confectionnaient minutieusement des colliers de jasmin.

Les mots tenaient aussi une grande place dans cette histoire. Maryam adorait la poésie et, à son tour, Yune devint amoureux des arts du verbe. Les quelques vers qu'elle avait un jour écrits sur une carte et scotchés sur son placard devaient rester gravés dans la mémoire de Yune, longtemps après qu'elle les eut elle-même oubliés.

Je suis un fragment de l'écume marine.

Destinée à enfanter mille fragments

A leur tour destinés à m'enfanter.

Maryam était une fervente admiratrice d'une chanteuse libanaise nommée Fairuz. Chaque été, toute la famille Bukhari attendait avec impatience la nouvelle comédie musicale de Fairuz présentée à la foire de Damas. Mais, alors que Jane et son mari assistaient à une seule représentation, Maryam et Yune retournaient encore et encore au théâtre en plein air. Maryam notait avec soin les paroles des chansons de Fairuz, et souvent elle les mémorisait et les chantait à Yune pour l'endormir. Fairuz parlait beaucoup de l'attente. Elle chantait l'attente de l'être aimé en été et en hiver, une attente sans espoir que celui qu'elle aimait viendrait un jour. Dans une autre comédie musicale, Fairuz jouait le rôle d'une femme qui annonçait l'arrivée prochaine d'un train. Il n'y avait cependant pas de rails, et on plantait des pommes de terre à l'endroit même où elle disait que le train devait bientôt arriver. Pourtant, elle s'accrochait à la foi de l'attente, une attente insensée, pour ainsi dire sans lien à l'arrivée de ce qui était attendu avec autant d'intensité. Dans une autre comédie musicale, elle joue le rôle d'une femme injustement emprisonnée pendant quinze ans. Qu'est-ce qui lui a permis de rester saine d'esprit pendant toutes ces années dans sa cellule ? L'attente, sans doute. Une scène en particulier fit une forte impression à Yune : Fairuz se demande pourquoi un homme est toujours ivre. Et quelqu'un lui répond : « Parce qu'il a peur, en devenant sobre, de découvrir que ce qu'il attend n'arrivera jamais ! »

A son tour, Yune s'imprégna de tous ces récits. Après tout, ils représentaient quelque chose de spécial pour Maryam, et tout ce qui était spécial pour Maryam l'était aussi pour lui. L'ironie de la chose c'est que le jour viendrait où Fairuz et ses paroles ne signifieraient plus grand-chose pour Maryam. Pourtant, tout ce qui fut enraciné en Yune pendant ces années d'amour innocent devait le rester pour la vie.

Non seulement les mots étaient très importants, mais aussi tout ce qui leur était associé. Maryam suivait des cours de piano à l'Institut de Musique de Damas. Un Syrien, marié à une amie britannique de Jane, dirigeait l'Institut, et était ravi du talent musical de Maryam. Mais Maryam n'était pas une étudiante passionnée. Elle voulait seulement apprendre à lire suffisamment bien la musique pour jouer quelques uns de ses morceaux classiques préférés, et une fois cela accompli, elle arrêta complètement les leçons. Combien de fois ai-je observé Yune, assis sur le tabouret du piano à côté de Maryam qui jouait la Sonate au Clair de Lune ! Elle avait même inventé une histoire autour de ce morceau. Quelque chose comme un jeune homme assis au clair de lune et qui attend sa bien-aimée. Nuit après nuit, il attend, mais personne ne vient. La nuit où la lune disparaît complètement, elle arrive et le ciel s'illumine à la lumière de son visage.

Jane avait encore plus de talent que sa fille. Elle jouait de la guitare et du piano et possédait une belle voix. Souvent, lorsque Maryam n'était pas là, Jane chantait à Yune ses chansons préférées pour le distraire de l'absence de sa sœur. Les chansons qu'il voulait écouter étaient toujours les mêmes, et toujours dans le même ordre. D'abord « The Minstrel Boy », suivi de « Dona Dona », puis « Henry Martin ». Finalement, il réclamait la chanson qu'il aimait le plus et que Jane devait chanter au moins deux fois, « The Battle Hymn of the Republic ». Jane prenait garde à ne chanter que les couplets qui étaient compatibles avec la rigoureuse affirmation de l'Unicité monothéiste, omettant ainsi toute référence à Jésus en tant que Dieu.

Et il y avait plus encore. Un jour, Maryam avait parlé à Yune d'un vieil homme qui tenait une petite boutique et vendait des carnets reliés à la main. Là, Yune fut fasciné à la vue d'un grand carnet qui faisait la moitié de sa taille, avec sa jaquette de cuir vert sombre. Lorsque Maryam accepta de le lui acheter, Yune eut le sentiment qu'il venait d'acquérir une autre brique précieuse dans la construction de son château secret. Un château fait de mots, de colliers de jasmin, de carnets et, enfin, d'un petit chaton. Une amie de Jane avait quelques chatons dont elle voulait se débarrasser. Ainsi, Yune et Maryam se rendirent chez elle, choisirent le chaton blanc avec une rayure noire sur le nez, le mirent dans un petit sac et rentrèrent à la maison. De temps en temps, Yune s'arrêtait pour s'assurer que le sac était suffisamment ouvert pour que le chaton puisse respirer, mais pas assez pour qu'il s'en échappe.

En 1973, une guerre éclata entre les pays arabes et Israël. Maryam décida de se porter volontaire à l'hôpital public Muwasat. Yune vécut ainsi l'expérience d'une guerre sans Maryam à ses côtés. A l'aube, chaque jour, les avions israéliens franchissaient le mur du son au-dessus de Damas. On entendait d'abord le bruit des sirènes, qui réveillait tout le monde chez les Bukhari, les obligeant à descendre jusqu'au premier étage où habitaient les sœurs de Jawdat. Les membres de la famille se réunissaient dans une pièce dont on pensait qu'elle bénéficiait d'une protection parce que le père de Jawdat y avait si souvent prié. Mais bien vite, Yune se retrouva seul. Son père était au travail, sa mère, intrépide de par ses gènes huguenots, était sur le toit à chercher des yeux les Mig-21 et les Mirages III dans le ciel d'octobre ; et, plus important du point de vue de Yune, Maryam était à l'hôpital où elle soignait des civils blessés. Même les visites de Rahma n'étaient plus aussi régulières, car la guerre avait perturbé toute activité normale. Un jour, la situation devint si intolérable pour Yune qu'il décida qu'il devait voir Maryam à tout prix. Dès que le chauffeur de Jawdat arriva à la maison, Yune, d'une voix autoritaire et mystérieusement convaincante, demanda au chauffeur de le conduire à l'hôpital Muwasat. Cela se passait à un moment particulièrement dangereux de la journée. Lorsque Yune arriva à l'hôpital, il trouva Maryam au chevet d'un blessé. Quand elle le vit, elle eut du mal à croire que son jeune frère se trouvait dans un endroit aussi dangereux. Elle se précipita vers lui et le gifla. Yune venait de passer un test très particulier. Etait-il prêt à être humilié pour son amour ? Mais il avait manifestement réussi le test. Tout ce qui comptait pour lui c'était qu'il l'avait vue. Elle, et quiconque à vrai dire, pouvaient bien faire ce qu'ils voulaient. Le chauffeur le reconduisit à la maison, la joue encore rouge, les yeux encore pleins de larmes, mais un sourire aux lèvres.

2

Le jour du huitième anniversaire de Yune, le second rouleau du deuxième cylindre était prêt à être ouvert.

La lumière embrassera sa sœur en septembre, et le monde de l'enfant se parera d'une splendeur bleue.

Nour – 2 années et 5 mois

Nour est l'ange du changement soudain et de la conversion spirituelle. Lorsqu'il est nécessaire de changer un paradigme spirituel, Nour entre en scène. Un sentiment de sérénité émanait de sa caverne. Elle méditait sur un lit blanc lorsque je suis arrivé et, comme d'habitude, elle portait un foulard d'un blanc éclatant sur la tête. Au cours de toutes ces années où je l'ai connue, je ne me souviens pas d'avoir jamais vu ses cheveux. Nour ouvrit les yeux et me regarda fixement comme si mon apparition soudaine avait interrompu sa quiétude.

« Raqeem, il se dégage de toi une sensation qui me fait dire que tu as passé beaucoup de temps en compagnie de Risha récemment. »

Nour et Risha ne se sont jamais vraiment bien entendues. Après tout, leurs vibrations sont si nettement différentes, et de façon ironique, très complémentaires.

« Un de tes rouleaux a dû m'invoquer pour que tu me rendes visite. »

« Oui, tu es enrôlée. Maryam, une jeune fille de Damas de dix-sept ans doit subir une conversion spirituelle. »

« Je sais tout sur Maryam, Raqeem. »

« Vraiment ? »

« Risha a tendance à faire part de plus de choses que tu ne sembles avoir conscience. »

« D'accord. Alors, quel est le plan ? »

« Je vais la présenter aux Filles d'Aaron. »

« Quoi ? »

« Tu ne sembles pas être au courant de ce qui se passe à Damas en matière de spiritualité. »

Nour avait raison. J'avais été si obnubilé par Yune que même lorsque je n'étais pas directement concerné, je passais le plus clair de mon temps à l'observer depuis ma caverne.

« Par exemple, sais-tu qui est le plus récent membre des quarante ? »

« … »

« Sais-tu que ce nouveau membre est destiné à devenir le prochain Réformateur ? »

« … »

« Trop de Risha peut gêner ta vision. Eh bien, permets-moi de faire ton éducation. A l'époque où Maryam est née, une femme nommée Shams se mit à inviter des femmes de Damas à s'engager sur une voie spirituelle particulière, une voie marquée par le savoir et l'éducation, faisant la synthèse entre la modernité et la pudeur. Pour ces femmes qui étaient à la recherche d'un mode de vie ni laïque, ni traditionnel, ni coupé de la religion, ni soumis à l'autorité traditionnelle, pour toutes ces femmes, la voie de Shams était une alternative idéale. Si tu étais sorti un peu plus souvent, tu aurais remarqué qu'une nouvelle façon de s'habiller a fait son apparition à Damas. En contraste avec les mini-jupes des couturiers occidentaux, et de la jupe et du corsage noirs de la culture ottomane, les femmes qui ont rejoint la voie de Shams sortent en manteau bleu ciel et foulard assorti. »

« Attends, tu as dit bleu ? »

« Oui, bleu ciel. Pourquoi as-tu l'air surpris ? »

« Non, non. Je viens juste de me souvenir des mots du rouleau. »

« Fais-m'en profiter. »

La lumière embrassera sa sœur en septembre, et le monde de l'enfant se parera d'une splendeur bleue.

« Tu vois bien que je suis au fait des choses. »

« Oui, continue ton histoire au sujet de Shams. »

« Shams parvint à attirer l'attention de femmes cultivées et éman-cipées, dont certaines viennent de familles qui font partie des élites de Damas, les mieux disposées à la laïcité. Oui, il y a quelque chose de très attrayant chez Shams et sa voie. »

« Séduisant ? »

« C'est ce que dirait Risha. Je t'ai déjà dit que tu passais trop de temps avec elle. »

« Continue, Nour. »

« Elles sont suffisamment attirées pour résister à ceux qui tentent de les empêcher de la rejoindre. »

« Qui tente de les en empêcher ? »

« Les hommes ! Voilà pourquoi tout ça est si ironique. A Damas, les hommes veulent soit que leurs femmes soient libérées et s'habillent à la mode occidentale, soit qu'elles se couvrent et suivent des règles religieuses strictes. Dans les deux cas, ils veulent avoir le contrôle. Mais face aux femmes qui se sont engagées sur la voie de Shams, ils se sentent perdus ; elles s'habillent décemment, mais leur mode de pensée et de vie est très libéré. »

« J'ai l'impression d'avoir vécu sur une autre planète. »

« Ou tout simplement d'avoir trop regardé la télévision avec Risha ! »

« Arrête avec tes sarcasmes, s'il-te-plaît. Cela ne va pas du tout avec ton aura spirituelle. »

« Tu as raison. Excuse-moi. »

« Mais pourquoi les appelles-tu les Filles d'Aaron ? »

« D'après saint Luc, Elizabeth, la mère de saint Jean-Baptiste, appartenait aux Filles d'Aaron, un ordre spirituel féminin ancien. C'est la même chose pour ces femmes qui se sont engagées sur la voie de Shams. Non seulement elles s'habillent d'une manière particulière, mais elles vivent aussi selon des principes moraux très stricts et, écoute bien Raqeem, elles pratiquent régulièrement le *zikr*. »

« La méditation spirituelle. »

« C'est cela. En ce sens, elles sont une manifestation moderne des Filles d'Aaron. »

« Comment se fait-il que tu en saches autant sur elles ? »

« Parce que je les ai rejointes, Raqeem. »

En disant cela, Nour avait attrapé un manteau bleu ciel accroché près de son lit, et elle l'avait placé sur ses épaules.

« Regarde-moi bien. Je suis Zeïneb, une des nombreuses disciples de la prodigieuse Shams. »

« C'est très bien, Nour. A présent comment allons-nous attirer, c'est cela, attirer, Maryam sur la voie de Shams ? »

« Je vais frapper à sa porte et plonger son monde dans la lumière ! Mais je dois attendre jusqu'en septembre, comme l'indique le message. A ce moment-là, le mois de Ramadan aura commencé. »

« Maryam et sa famille seront en plein jeûne. Et le jeûne a toujours un effet spirituel sur les gens. »

« A moins qu'ils ne souffrent des symptômes du manque de nicotine. »

« Oui, mais bon, je doute sérieusement que Maryam fume. »

Mis à part le débat terminologique sur la séduction-attraction, les stratégies mises en place par Risha et Nour étaient en fait très semblables. Le mercredi 25 septembre, qui correspondait au 8 de ramadan dans le calendrier islamique, j'observais Nour frapper à la porte des Bukhari. Yune ouvrit la porte.

« Maryam est-elle là ? »

Yune parut surpris. Il ne s'agissait pas d'une amie de sa sœur.

« Oui, ma sœur est là. »

Nour suivit Yune à l'intérieur. Quelques instants plus tard, Maryam apparut, pieds nus, et portant une longue robe hippie verte. Nour se présenta comme Zeïneb. Elle dit qu'elle était venue pour demander à Maryam si elle voulait plus que tout cela.

« Pardon ? » s'exclama Maryam. « Plus que quoi ? »

Nour sourit. Et pendant les vingt minutes qui suivirent, elle décrivit les promesses d'un mode de vie qui rassemblerait tous les fragments épars, qui la rendrait sûre et sereine.

« Je connais quelqu'un qui peut t'apprendre à t'envoler d'ici tout en y restant. Je connais quelqu'un qui sait faire pousser des ailes. »

Maryam sourit. « Conduis-moi auprès d'elle. »

Lorsque Nour s'en alla, Yune parut déconcerté. Il demanda à sa sœur qui était cette femme et de quoi elle parlait.

« Ne t'inquiète pas, Yune. Elle voulait simplement m'inviter à aller écouter quelqu'un qui donne une conférence ce soir. Tu peux venir avec moi si tu veux. »

« Bien sûr que je le veux ! » répéta l'enfant de huit ans.

Ce soir-là, Maryam dit à sa mère qu'elle allait voir une amie et qu'elle emmenait Yune avec elle ; Nour attendait dans une rue voisine. Ils marchèrent ensemble depuis Muhajreen, où habitaient les Bukhari, jusqu'au prestigieux quartier de Malki. Lorsqu'ils arrivèrent à la maison, Nour les conduisit dans une vaste pièce au lustre de cristal de Bohême et un grand tapis persan de Naïn. Il y avait environ trente-cinq jeunes filles, assises sur des chaises ou sur le tapis. Sur le devant de la pièce se trouvaient deux chaises Queen Anne, tapissées de velours bleu sombre, inoccupées.

Après avoir ôté leurs chaussures, Maryam et Yune prirent place sur le tapis et attendirent que quelque chose se passe. Quelques minutes plus tard, deux femmes vêtues d'un manteau et d'un foulard entrèrent. Toutes se précipitèrent pour les accueillir. L'une d'elles se distinguait clairement. Une chaleur se dégageait de son sourire, et ses yeux brillaient d'intelligence. Alors que les jeunes filles se pressaient pour lui serrer la main, elle s'enquérait de la santé de chacune, de ses études, de sa famille. Le regard de Yune allait du chandelier au visage de cette femme, comme s'il essayait de savoir si c'était le chandelier qui illuminait le visage de la femme, ou si c'était simplement son visage qui prêtait au chandelier son éclat.

Les deux femmes étaient assises sur les chaises Queen Anne. Celle dont le visage brillait commença à parler. Nour murmura à l'oreille de Maryam : « Elle est belle, n'est-ce pas ? C'est Shams, celle dont je t'ai parlé. » Maryam acquiesça de la tête.

Shams parlait d'une voix ferme et mélodieuse :

« Notre voie, mes filles, possède un lieu, une base : Damas. C'est vrai, nous aimons notre ville et notre pays, mais notre voie transcende tous les préjugés contre les autres peuples et les autres nationalités. Notre voie est une voie féminine, mais elle respecte et aime nos pères, nos frères, nos maris et nos fils. Elle n'éprouve aucun ressentiment envers les hommes ; tout simplement, elle n'a pas de comptes à leur rendre ; elle accorde à la femme le droit de choisir, d'étudier et de pratiquer sa religion, sans pour cela rechercher la séparation d'avec les hommes. Elle accorde à la femme le droit à l'indépendance financière, le droit de poursuivre son éducation, de choisir une carrière, mais jamais au risque de mettre en danger son rôle central dans la famille. Notre voie est une voie spirituelle. Mais c'est aussi une voie de servitude : servir notre Dieu en servant la création de Dieu. Ce n'est pas une voie qui recherche l'édification de l'esprit par la solitude ; c'est une voie qui atteint de hauts niveaux de spiritualité en servant l'humanité. »

Quelques instants seulement après que Shams eut fini de parler, une jeune femme entra dans la pièce avec un plateau de thé. Yune se demandait s'il y aurait ou non une tasse pour lui lorsqu'on lui en offrit une. Il se réjouit, non pas parce qu'il avait envie de boire du thé, mais parce qu'il voulait que sa présence soit reconnue et acceptée.

Sur le chemin du retour, ni Maryam ni Yune ne dirent un mot. On aurait dit que Yune essayait encore de résoudre le mystère du visage illuminé, et il était clair que Maryam méditait les mots de Shams. Maryam ne dormit pas cette nuit-là. La vision d'une spiritualité féminine forte, éduquée et possédant une conscience sociale que Shams avait partagée l'avait bouleversée. Lorsque Nour lui téléphona le lendemain matin, Maryam lui dit qu'elle avait décidé de s'engager sur la voie, et que, oui, elle se mettrait à porter un foulard.

« La tâche est accomplie. »

« Oui, il semble bien. J'ai tout bien observé. A présent, Nour, que va-t-il se passer ? »

« Raqeem, à présent la lumière de Maryam a été allumée. Et ils vont tous essayer de l'éteindre. Ils ne savent pas que ce type de lumière est comme une plante du désert, plus on essaie de l'arracher, plus ses racines s'enfoncent. »

La décision de Maryam de porter un foulard était un acte révolutionnaire non seulement chez les Bukhari, mais dans toutes les familles syriennes étrangères amies des Bukhari. Maryam avait ainsi démontré à tous que leurs enfants, en particulier leurs filles, n'étaient pas à l'abri de la séduction spirituelle ou de son attirance, comme Nour préférait le dire. Et Shams, à son tour, avait démontré que des femmes qui possèdent toutes les aptitudes pour rejoindre la voie de la laïcité, des femmes qui savent pertinemment qui elles sont et ce qu'elles ont l'intention de réaliser dans ce monde, ont non seulement leur place dans sa voie, mais sont en fait pratiquement créées pour elle.

Les parents de Maryam, ses amis et sa famille n'arrêtaient pas de discuter avec elle. Pourtant, elle ne se lançait que rarement dans la discussion. Au point où elle en était, les convaincre lui importait peu. Seul Yune la soutenait, plus par amour que par conviction. Il détestait l'idée que l'on puisse s'attaquer à sa Maryam. Dans son grand carnet, il inscrivait les discussions qui se tenaient entre Maryam et ses parents, puis écrivait ses propres commentaires :

> *« Son seul crime est de tenir à son foulard... »*

> *« Ils n'ont aucun problème avec les femmes qui portent un bandana... »*

> *« La prochaine fois qu'ils la font pleurer, je vais leur montrer... »*

La nouvelle Maryam réinventait les rituels de son histoire d'amour avec Yune. Au lieu de leurs promenades, ils parcouraient les quartiers pauvres de Damas dans la voiture neuve de Maryam, une petite Peugeot 101, pour distribuer de la nourriture et des vêtements. Beaucoup d'autres jeunes filles Shami, comme les gens de Damas les appelaient, les accompagnaient, et la petite voiture était souvent pleine à craquer.

Les images de ces pauvres gens firent une forte impression à Yune. Un événement en particulier le fascina. Onze familles avaient reçu une part de courgettes dans une sauce tomatée d'une marmite qui se trouvait dans le coffre. Lorsqu'ils arrivèrent chez la douzième famille, Maryam ouvrit la marmite pour voir ce qui restait. Elle pensait la trouver pratiquement vide, mais elle était toujours pleine à ras bord ! Yune considérait de tels événements comme les nouveaux secrets de son histoire d'amour. Ni lui ni Maryam ne les partageaient avec quiconque, et lorsqu'ils étaient assis avec d'autres, il adorait lui murmurer, comme pour confirmer qu'ils partageaient un royaume privé fermé aux autres, « Tu te souviens quand… ? »

Les mots continuaient de tenir une place importante dans leur amour, mais à la place des mots de Fairuz, c'étaient à présent les mots des versets du Coran. Le passage préféré de Yune, mais pour des raisons purement musicales, était *la Sourate Taha*. Il y avait aussi les nombreuses histoires racontées au coucher et qui comportaient toujours un message spirituel. Une de ces histoires devait servir à compléter les caractéristiques du Cheval de Feu chez Yune, et devenir le fondement d'un style de vie que Maryam n'aurait jamais pu prédire : il s'agit de l'histoire de Bisher le Va-nu-pieds. L'histoire est simple, mais elle faisait toujours impression sur Yune :

Il y a longtemps, un homme qui s'appelait Bisher et qui était très riche, menait une vie extravagante. Un jour, un vieillard frappa à sa porte. Une des servantes ouvrit la porte et fut surprise de voir ce vieillard. Elle lui demanda ce qu'il voulait. Il répondit : « Je vous prie de demander à votre maître s'il a déjà goûté à la liberté. » La servante lui claqua rapidement la porte au nez. Lorsque Bisher lui demanda qui était à la porte, elle répondit qu'il s'agissait d'un vieux fou qui posait des questions insensées. Intrigué, Bisher insista pour entendre les paroles du vieillard. Lorsqu'elle les lui répéta, Bisher fut comme frappé par la foudre. Il sortit de son château en courant, sans même prendre le temps de mettre ses chaussures, et il se mit à la recherche du vieillard jusqu'à ce qu'il le trouve. Il lui prit la main et dit : « Vous avez raison, je n'ai jamais goûté à la liberté. S'il vous plaît, apprenez-moi à être libre. » Bisher ne retourna pas dans son château. A partir de ce jour, il renonça à son ancienne vie et ne regarda plus jamais en arrière !

Ainsi les jours passaient. Yune se conformait complètement au style de vie de Maryam, et tant qu'elle lui permettait de partager son univers, il était heureux. A un certain moment, elle essaya de persuader Yune d'assister à une conférence exclusivement pour les hommes donnée par un imam, c'est-à-dire un musulman qui conduit la prière à la mosquée. Yune accepta pour lui faire plaisir, mais en rentrant à la maison, il lui dit qu'il en avait détesté chaque instant et qu'il n'assisterait plus jamais sans elle à un tel événement.

En septembre 1976, Yune découvrit que Maryam allait accompagner son père pour un voyage en Amérique. Jawdat devait assister à une conférence du Fonds Monétaire International à Washington DC et Maryam irait rendre visite à sa grand-mère et ses tantes à New Rochelle, du moins c'est ce que Yune croyait. En fait, les Bukhari avaient été contactés par une famille religieuse de Damas dont le fils étudiait la médecine en Amérique. Maryam avait surpris ses parents dire qu'elle était prête à le rencontrer, et ils avaient organisé le voyage. Personne n'osait en faire part à Yune, mais les sœurs de Jawdat ne savaient pas très bien garder un secret. Yune en entendit assez de ses tantes pour se rendre compte que quelque chose se tramait, et qu'il s'agissait de mariage. Maryam fut absente dix jours, pendant lesquels des fiançailles informelles furent contractées.

Le soir de son retour, Yune lui prouva l'amour profond qu'il lui vouait de façon charmante. Bien qu'il fût endormi lorsqu'elle rentra, il se réveilla en entendant sa voix et lui demanda de venir lui faire un câlin. Lorsqu'elle s'approcha de lui, il prit ses mains dans les siennes cherchant une bague. Comme il n'en trouvait pas (Maryam l'avait mise dans son sac) Yune sourit et se rendormit.

Mais son sourire ne devait pas durer. Le mariage fut prévu pour décembre, et dès octobre 1976, Yune avait tout compris, et il avait bravé Maryam. Elle, à son tour, le prit par les épaules et lui parla de l'homme qu'elle allait épouser, en particulier de ses cheveux longs. On aurait pu penser que Yune lui aurait dit : « Tu crois vraiment que ça m'intéresse de savoir s'il a des cheveux longs ou courts, ou s'il n'en a pas du tout ? » Mais Yune ressentit l'amour qui émanait de ses mains et, pour l'instant au moins, accepta de parler des cheveux de Sarmad. Lorsque Sarmad arriva à Damas, quelques jours avant le mariage, Yune était à l'aéroport. Il cherchait du regard un homme qui ressemblerait à un hippie, avec des vêtements de hippie ! Il l'imaginait même transportant une guitare. Mais Sarmad portait un costume et ses cheveux étaient de longueur normale.

Le mariage eut lieu chez les Bukhari. Les hôtels étaient hors de question, car ils servaient de l'alcool, et la voie de Maryam impliquait une forte opposition aux établissements qui en servait. Pendant le mariage, Yune éclata plus d'une fois en sanglots. Non seulement sa sœur se mariait, mais elle devait aussi quitter Damas le lendemain pour l'Amérique avec son mari. La vie, telle qu'il l'avait connue jusqu'alors, était révolue.

L'Evangile de Damas

III . Tous les chemins mènent à Damas

1

Les larmes coulaient encore sur mes joues lorsque Risha entra. Elle les remarqua immédiatement et elle tendit la main vers mon visage pour les essuyer avec douceur. Quelques secondes de bonheur. J'adorais lorsqu'elle touchait mon visage ou qu'elle jouait avec mes cheveux. Pour les anges c'est ce qui se rapproche le plus de l'intimité humaine. C'est comme le sentiment qu'éprouve un enfant lorsqu'une petite fille l'embrasse soudain sur la joue alors qu'ils jouent dans la cour.

« Pourquoi mon Raqeem pleure-t-il ? »

« Je regardais un mariage. »

« Et je parie que tu n'as même pas remarqué la belle robe que je portais. »

« Tu y étais ? »

« Bien sûr, j'y étais. Personne n'a dansé comme moi. »

« Dansé ? Avec qui ? »

« Avec personne, monsieur le jaloux. Il n'y avait que deux hommes dans tout le mariage. Yune, qui se tenait à l'écart la plupart du temps, et Sarmad, qui est arrivé vers la fin. C'était un mariage féminin, très différent de ceux qui se tiennent dans les hôtels de Damas. »

« Tu n'étais pas inquiète pour Yune ? »

« Inquiète ? Je suis aux antipodes de la peur ! Il ira bien. Tout ira bien. C'était une charmante histoire d'amour jusqu'à ce que Nour se pointe ! De toute façon, il est temps d'avancer. Je parie qu'un des cylindres brille de tous ses feux. »

Comme les deux précédents, le troisième cylindre contenait également ment deux rouleaux. Tout se passait comme si le premier rouleau de chaque cylindre devait commencer une phase, et le second la compléter.

De l'intérieur des dunes de sable, une flamme s'élèvera si haut qu'elle sera vue depuis Narvik.
Risha – 8 années

« Ça y est. Il est tout à moi ! »

« Il semble que ce soit le cas, Risha. Mais je ne comprends pas grand-chose d'autres. Quelles dunes de sable ? Où se trouve Narvik ? »

« Narvik, cela sonne scandinave ; il faudra que tu fasses une recherche. Mais je sais à quoi les dunes de sable font référence. »

« A quoi ? »

« Pendant le mariage, Jane m'a prise à part et m'a dit qu'elle s'était fait du souci pour Yune jusqu'à ce que Jawdat lui dise qu'on lui avait offert un poste prestigieux au Koweït. Tu connais le Koweït ? »

« Bien évidemment. »

« Pourtant tu ne sais pas où se trouve Narvik. »

« Continue, Risha. »

« Donc, elle me dit que partir pour le Koweït serait bénéfique pour Yune, car il faut qu'il arrête de penser à Maryam. Bien sûr, ce qu'elle ne sait pas c'est que lorsque j'en aurai fini avec lui, il aura probablement du mal à se souvenir du nom de sa sœur. »

« Tu veux que je te dise ? Nour et toi avez beaucoup de choses en commun. »

« Et pourquoi changes-tu de sujet ? »

« Je voulais simplement que tu saches qu'elle et toi avez une fâcheuse tendance au sarcasme. Ou pour être gentil, je devrais dire à faire de l'esprit. »

« Peut-être est-elle sarcastique, mais moi j'ai de l'esprit. J'ai de l'esprit et je suis jolie. Tu vois, ça rime même. Jolie, esprit, esprit, jolie. »

« Arrête. »

« Alors, permets-moi de continuer de te faire partager ma fascinante perspicacité. Si tout va bien, ils partiront pour le Koweït fin août. »

« Tu iras ? »

« Si j'irai ? C'est ce que je suis supposée faire, tu te souviens. Pendant les huit prochaines années, je vais le hanter. Partout où il ira, il trouvera une variante de moi-même. »

« Très bien Risha. Je dois avouer que tu as réussi à me faire oublier ce mariage. »

« Reste assis, détends-toi et observe-moi. Et n'oublie pas de chercher où se trouve Narvik. »

« Où vas-tu ? »

« Je pars pour le Koweït, je dois poser ma candidature à l'ASK. »

« ASK ? »

« American School of Kuwait »

« Tu parles sérieusement ? »

« Mon cher Raqeem, que pourrait-il y avoir de plus séduisant pour un garçon de dix ans que sa belle bibliothécaire ? »

Plus tard, ce jour-là, Nour entra dans ma caverne. Elle avait l'air vraiment furieuse.

« Tout ce que je veux dire c'est que d'accord, j'ai un profond respect pour le contenu de ces rouleaux, mais il me semble insensé que tout ce que j'ai magnifiquement accompli ces deux dernières années avec Maryam et Yune soit anéanti par Risha ! Pourquoi Risha ? »

« Tu sais qu'il n'est pas convenable d'être en désaccord avec ces messages, Nour. »

« Tu sembles avoir oublié que les anges se sont opposés à la création même d'Adam. Ce qui n'est pas convenable, c'est de garder ces sentiments pour soi. »

« Bon, à présent tu les as exprimés. Espérons que tout se passera bien. »

« Que tout se passera bien ? Là, on croirait entendre Risha ! Merci pour ton aide. »

« Attends, il faut que je te demande quelque chose. Est-ce que par hasard tu saurais où se trouve Narvik ? »

Nour me jeta un regard noir et sortit de ma caverne.

Yune était anxieux lors de son premier jour à l'ASK. Trop de choses nouvelles : la ville, la maison, le climat, l'école, les élèves, les professeurs. Rien n'allait. Lorsqu'on annonça qu'il était libre pour sa sixième et dernière heure de cours, il décida de se rendre à la bibliothèque. Peut-être pourrait-il noyer tout cela dans un bon livre.

« Je m'appelle Mlle Trisha. Je suis la bibliothécaire. Ce doit être la première fois que vous venez. Je vous fais visiter ? »

Yune se retrouva soudain sur une autre planète. Il y avait quelque chose chez cette bibliothécaire qu'il avait du mal à saisir. Chaque fois que son regard tombait sur elle, il éprouvait une sensation étrange et délicate au creux de l'estomac. En regardant vers le bas, il apercevait ses mules en bois aux talons hauts. Vers le haut, c'était le T-shirt noir qui contrastait avec ses cheveux châtain clair. Mais c'était son sourire qui ravissait Yune le plus. Ce sourire semblait dire : « Viens me voir. Viens me voir lorsqu'on te malmène ; viens me voir lorsque Mlle Jackson, ton professeur de math, juge que tu n'as pas le niveau ; viens me voir lorsque Sarah, la petite fille assise à côté de toi, détourne la tête quand tu lui dis bonjour ; viens me voir lorsque tu te sens accablé par la chaleur et l'humidité du Koweït ; viens me voir Yune et je serai ici à t'attendre. »

Mlle Trisha s'était arrêtée près d'une étagère et semblait expliquer quelque chose à Yune concernant la collection de films. Mais il n'écoutait pas. C'était comme s'il s'évertuait encore à prendre toute la mesure de ce sourire. Soudain il l'entendit dire :

« Alors que décides-tu ? Vas-tu commencer par *La Fille de Ryan* ou *Le Messager* ? »

Yune prit une des vidéos des mains de Mlle Trisha et dit : « Je vais emprunter celle-ci aujourd'hui. » En disant cela, il tourna les talons et marcha tout droit jusqu'à la porte, faisant de son mieux pour garder les pieds sur terre. »

Ainsi commença la phase que Risha se plaisait à appeler « L'Education de Yune. » Il m'arrivait souvent d'apparaître à l'improviste chez elle au Koweït pour lui demander de m'expliquer exactement comment elle s'y prenait avec le jeune garçon. Mais Risha avait le don d'étouffer mes craintes, même si je restais toujours en proie à une certaine gêne. »

« Pourquoi commencer son éducation par un film qui raconte une histoire d'amour entre une jeune paysanne irlandaise et un soldat britannique ? »

« La *Fille de Ryan* c'est beaucoup plus qu'une simple histoire d'amour. »

« Comme quoi ? »

« Comme son désir d'aller contre tout au nom de son amour. Rosy, la fille de Ryan, s'élève contre les siens, son père, son mari et, plus important que tout, le sentiment même de qui elle est, au nom de son amour. C'est en faisant tout cela qu'elle est humiliée et presque tuée. »

« Je n'arrive pas à comprendre en quoi cela concerne Yune. »

« Ecoute, ni toi ni moi ne savons ce que Yune est supposé accomplir, mais nous savons tous les deux qu'il va rencontrer beaucoup de résistance. Tous ceux qui tentent de réformer quelque chose sur cette planète rencontrent de la résistance. »

« Oui. »

« Il n'est donc pas surprenant que Maryam lui ait fait partager l'histoire de Bisher le Va-nu-pieds. Ne ris pas, mais *La Fille de Ryan* n'est qu'une variante de l'histoire de Bisher. »

« Comme c'est intéressant. Je suis sûr que Nour trouverait tes associations fascinantes. »

« Et pourquoi parler de Nour ? ! »

« Ne me regarde pas comme ça. »

« J'attends toujours la réponse. »

« J'essayais seulement de glisser une note comique dans notre conversation. Pardonne-moi, je ne recommencerai pas. »

« Tu es pardonné, mais j'ai toujours l'intention de te taquiner. »

La seule pensée d'être taquiné par Risha fut suffisante pour éloigner mes pensées de son choix de film. Mais *La Fille de Ryan* n'était qu'un début. *Le Messager, Quelque part dans le temps* et beaucoup d'autres suivirent. Le dernier film qu'elle partagea avec lui est celui qui me causa le plus de réticences : *American Gigolo* ! J'étais tellement effaré que je songeais même à prévenir Wahi, car les agissements de Risha ne pouvaient pas être conformes à la tâche qu'on lui avait assignée. Pourtant, une fois de plus, Risha réussit à me faire taire. Elle me fît même sentir coupable d'avoir mis en doute ses actions.

« Écoute, Yune est un adolescent. Il a treize ans, et comme tous les adolescents, il est assailli de pensées sexuelles. Ne me regarde pas comme ça. Bien sûr qu'il l'est ! J'ai donc choisi un film avec une thématique sexuelle. Mais ce n'est que le cadre. Le contenu, le vrai contenu encore une fois, c'est la femme qui sacrifie tout, sa richesse, sa sécurité et sa réputation, pour l'homme qu'elle aime. Tout le film, pour moi comme pour Yune - tu sais au moins que je discute toujours avec lui des films que nous partageons - tout le film n'est que cette brève rencontre entre Julian et Michelle, la femme d'un important sénateur, après qu'elle a avoué à la police qu'elle était avec lui la nuit du crime. Elle fait cela tout en sachant que tout va s'écrouler, sa vie entière. Je connais ce dialogue par cœur. Ça se passe au commissariat de police. Ils sont séparés par une vitre, et ils doivent utiliser des écouteurs pour se parler. »

Julian dit : « Ce n'était pas la peine de faire ça, Michelle. Tu aurais pu m'oublier. » Et Michelle répond : « Plutôt mourir. » Julian demande alors : « Pourquoi l'as-tu fait ? » Et Michelle lui donne cette magnifique réponse à la Bisher : « Je n'avais pas le choix. » Puis elle ajoute : « Je t'aime. » Julian entend cela et, comme s'il était incapable de croire qu'un tel amour puisse exister, enlève les écouteurs et murmure à lui-même : « Mon Dieu, Michelle, dire qu'il m'a fallu tout ce temps pour arriver à toi. »

« Tu vois, c'est encore Bisher le Va-nu-pieds. Tous les films que je partage avec lui cachent un Bisher. Ils possèdent tous cette volonté à la Bisher de tout abandonner pour courir pieds nus à sa destinée. »

« Risha, tu me laisses sans voix. »

« Je veux t'entendre répéter cela en présence de Nour. »

Yune était fasciné par les livres de philosophie et de religion. Souvent, pendant les longs moments qu'il passait dans la bibliothèque, il recherchait des livres spécialisés en philosophie. Tout en consultant fréquemment le dictionnaire, il lisait ces livres avec beaucoup d'attention, comme s'il se préparait à un quelconque examen. Risha n'encourageait pas cet aspect du caractère de Yune, mais elle ne le décourageait pas non plus. Ce qui comptait pour elle c'était son désir de lire les livres qu'elle choisissait pour lui.

Risha choisissait beaucoup de livres pour Yune, essentiellement des livres de poésie et quelques romans. Elle lui faisait lire Blake, John Donne, Lord Byron, Yeats ; pourquoi se concentrait-elle sur les romantiques ?

« Parce qu'ils sont à la fois spirituels et sensuels ! »

« Tout comme moi. »

« Sois sérieuse, je t'en prie. »

« Raqeem, je voulais que Yune fasse l'expérience de leur vision du voyage, ce voyage merveilleux vers la destinée quelle qu'elle soit. Comme le récit du voyage entrepris par Moïse pour rencontrer son maître spirituel : « J'atteindrai cet endroit où les deux mers se rejoignent même si je dois voyager pendant des siècles. » N'est-ce pas le même voyage que Blake évoque ?

> *Chevauche dix mille jours et dix mille nuits*
>
> *Et que la vieillesse fasse neiger des cheveux blancs sur toi,*
>
> *A ton retour tu me raconteras*
>
> *Les étranges prodiges qui se sont produits*

Ou John Donne ?

> *Cher enfant, moi aussi j'ai flâné la nuit à la dérive*
>
> *Au pays des rêves le long d'agréables cours d'eau.*
>
> *Mais malgré leurs flots calmes et chauds,*
>
> *Je n'ai pu traverser jusqu'à l'autre rive.*

Ou même Lord Byron

> *Je voudrais être un enfant insouciant*
>
> *Vivant encore dans ma caverne des Highlands*
>
> *Ou errant sur les sombres landes*
>
> *Ou sur la vague bleu marine bondissant*

Mais personne ne le dit aussi bien que Yeats !

> *Pars, ô enfant humain !*
>
> *Vers les eaux et les landes*
>
> *Avec une fée, main dans la main*
>
> *Car le monde est plus gorgé de pleurs que tu ne peux le comprendre.*

« De beaux vers. Quand exactement as-tu appris tout ça ? »

« J'ai une mémoire photographique. Tout ce que je lis, je le retiens, mais, bien sûr, seulement si j'aime ce que je lis ! »

« Très intéressant. Je vais faire en sorte que cette caractéristique soit exploitée à fond. Mais je ne comprends pas vraiment pourquoi cette obsession du voyage ? »

« Parce que, mon cher Raqeem, lorsque Yune sera prêt, son voyage commencera. Souviens-toi des termes du rouleau :

… une flamme s'élèvera si haut qu'elle sera vue depuis Narvik. »

« A propos, Narvik c'est au nord de la Norvège. »

« Je sais, je sais. J'ai regardé. Qu'est-ce notre Yune pourrait bien aller faire à Narvik ? »

Ne t'inquiète pas, Mlle Trisha va s'occuper de ça oh ! et puis arrête de douter de moi. »

2

Londres – juin 1980.

Yune entreprit son premier voyage pendant l'été 1980. Il était tombé sur une annonce à l'école offrant aux élèves de s'inscrire à un voyage à Londres. Les élèves seraient accompagnés par Mlle Trisha, la belle bibliothécaire d'ASK, et l'être préféré de Yune sur Terre à ce moment-là !

Après avoir vu *Evita*, *Les Misérables*, et *Cats*, après des croisières sur la Tamise et des visites à la Tour de Londres et chez Madame Tussaud, après des promenades dans Hyde Park en mangeant des « fish and chips » dans des sacs en papier, pour ensuite courir se mettre à l'abri des averses de pluie fréquentes et soudaines, après deux semaines de petits déjeuners, déjeuners et dîners avec Mlle Trisha, après tout cela, Yune et deux de ses amis, Adib et Sameer, eurent l'autorisation de faire l'expérience de Londres « *by night* » sans être surveillés par Mlle Trisha. Bien sûr, ils devaient être rentrés avant onze heures, et la liste des consignes sur ce qu'il convenait de faire et de ne pas faire était longue. Néanmoins, ils pouvaient profiter de cette soirée pour explorer et conquérir.

Ils firent d'abord le tour de Piccadilly Circus. Ils y étaient déjà allés, mais ils voulaient en faire l'expérience hors du regard attentif de Mlle Trisha. Ils commencèrent à avoir faim et prirent le métro pour se rendre à Oxford Circus où, leur avait-on dit, se trouvait un grand nombre de bons restaurants. Mais à force de parler et de parler, ils manquèrent l'arrêt. Ils descendirent à Maida Vale, une petite station un peu vieillotte. La remontée jusqu'à la surface sur l'escalator en pente raide leur parut durer des siècles. En sortant de la station, ils remarquèrent à gauche un restaurant japonais nommé Chosan.

L'intérieur ressemblait à une maison de thé japonaise. Une serveuse d'une trentaine d'années, portant un kimono et des chaussettes blanches, les accueillit et leur demanda d'ôter leurs chaussures. Cela fait, elle les conduisit à une des petites tables près de la fenêtre. Ils sourirent en s'asseyant sur les *tatamis* traditionnels. Quelques instants plus tard, elle revint avec les menus et, alors qu'elle en tendait un à Yune, sa main gauche saisit son épaule et la serra légèrement. Confus et surpris Yune tourna la tête vers elle et vit qu'elle souriait, mais son sourire n'avait rien à voir avec celui de quelqu'un qui a fait quelque chose accidentellement, ou qui tente de rassurer quelqu'un de plus jeune. Non, c'était le sourire d'une femme qui vient de faire des avances tout à fait sérieuses et qui n'en éprouve aucune honte ! Les amis de Yune ne remarquèrent pas ce qui venait de se passer, et Yune décida de ne pas en tenir compte. Mais, plus tard, lorsque leur repas arriva, elle mit sa main sur sa nuque et ses doigts caressèrent douce-ment ses cheveux. Lorsqu'il leva le regard sur elle cette fois-ci, elle lui demanda si la nourriture lui plaisait. Yune, qui n'avait pas encore eu le temps d'y goûter, rougit et fit oui de la tête. Mais ces amis avaient remarqué cette étrange démonstration d'affection, et Yune dut subir leurs commentaires acerbes.

« Nous ne savions pas que tu avais des relations japonaises ! »

« Qu'est-ce qui en toi peut bien attirer les serveuses ? »

Yune mangea rapidement en espérant que tout cela finisse vite, mais rien n'était terminé, loin de là.

« Quel genre de dessert voudriez-vous ? » demanda la serveuse à Yune, en ignorant ses amis. Lorsque Yune fit comprendre par geste qu'il ne pouvait plus rien manger, elle dit : « Dans ce cas, vous devriez goûter notre thé, c'est du thé vert au jasmin, connu pour ses vertus thérapeutiques. » « Oui », ajouta Adib, « Il a de remarquables vertus thérapeutiques. » A ce moment, Yune demanda l'addition avec ferme-té et, quelques instants plus tard, il se dirigeait vers la porte. Il mit ses chaussures, sortit et attendit que ses amis le suivent. La première à sortir, cependant, fut la serveuse. Elle se précipita vers lui comme s'il était son amant retrouvé après une longue absence. De façon cocasse, Yune était plus intrigué par ses pieds. La pensée qu'elle n'avait même pas pris la peine de mettre des ballerines ou des chaussures avant de sortir du restaurant semblait l'avoir fasciné au point qu'il n'offrit aucune résistance lorsqu'elle le prit par le bras et se mit à marcher avec lui. Ses amis les rattrapèrent et lui demandèrent ce qui pouvait bien se passer. Yune leur dit de rentrer seuls. Il leur promit de les suivre peu après. Ils lui rappelèrent qu'il était en train d'enfreindre toutes les consignes de Mlle Trisha. Il leur répéta de le laisser seul et s'éloigna avec… ?

« Quel est ton nom ? »

« Quel nom voudrais-tu que je porte ? »

« Rosy. Ce soir tu es ma Rosy. As-tu entendu parler de *La Fille de Ryan*, par hasard ? »

Je me demandais si je ne devais pas arrêter de les observer pour me rendre à Londres. Je voulais demander à Risha si elle savait où Yune se trouvait ce soir. Avec qui était-il et qu'est-ce qu'il pouvait bien s'apprêter à faire. Mais la seule pensée qu'elle me dise qu'une fois de plus j'avais manqué de confiance en elle m'empêcha d'agir selon mon impulsion.

Ils prirent le métro jusqu'à Marble Arch et, de là, le bus 159 pour Streatham, une banlieue au sud de Londres où Risha et les élèves d'ASK résidaient.

Pendant le trajet, ils ne se dirent presque rien. Chaque fois que Yune la regardait, elle disait : « Après tout ce temps, on se revoit. » Yune souriait simplement et hochait de la tête. Une partie de lui pensait qu'elle était folle, mais son attention était presque entièrement concentrée sur ses pieds en chaussettes blanches.

Ils descendirent à Streatham Common, un grand parc à quelques minutes seulement de sa résidence, mais il était évident que Yune ne se dirigeait pas vers la maison. Ils marchèrent tout droit vers le parc. L'herbe était mouillée. Rosy enleva ses chaussettes. Yune regarda en arrière ; se demandait-il si elle laissait volontairement des indices derrière elle ? Yune baissa le regard ; se demandait-il quelle sensation provoquait en elle l'humidité sur ses pieds nus ? Ils arrivèrent sur une petite colline avec deux grands chênes. Pourquoi recherchaient-ils un endroit retiré ? Yune avait le regard fixe alors que Rosy lui ôtait sa chemise. Doucement et lentement, elle se mit à l'embrasser, d'abord sur le front, puis sur le nez, et enfin sur les lèvres. Il lui sembla que cela durait une éternité. Sans me préoccuper de la façon dont Risha réagirait, j'étais décidé à arriver à Streatham Common en quelques secondes, déguisé pour la première fois depuis mon arrivée sur Terre en agresseur sans pitié ! Il suffisait que ce baiser conduise inévitablement à l'étape suivante. Mais Yune se montra maître des coups de théâtre ! Il écarta la tête de la sienne. Il éloigna son corps, pencha la tête vers le sol, se releva, lui murmura quelque chose à l'oreille, et partit. Elle ne le suivit pas. S'attendait-elle à ce qu'il revienne ?

Yune marcha d'un bon pas vers la maison. Il trouva Adib assis sur le seuil. « Où donc étais-tu passé ? Il est presque minuit ! » Yune ne prêta pas attention à lui, entra et monta l'escalier jusqu'à la chambre de Risha. Il entra sans frapper à la porte. Elle était assise sur le lit et regardait par la fenêtre ouverte lorsqu'il entra. Il se précipita vers elle, mit sa tête sur ses genoux et se mit à pleurer. Elle posa les mains sur ses yeux et dit, « chut, mon enfant, chut. Je te promets que tout sera merveilleux. »

Narvik – juillet 1983

Pendant l'été 1983, Yune partit en voyage à Narvik, une ville du nord de la Norvège, à environ 220 km au nord du cercle arctique. Risha suggéra cette idée à Yune pour la première fois lorsqu'elle lui fit découvrir un livre intitulé *Norvège, terre du soleil de minuit*. Peu après, elle lui fit regarder *L'Homme qui voulait être roi*, un film qui parle du voyage entrepris par deux hommes au Kafiristan, une province exotique du nord-est de l'Afghanistan, connue de nos jours sous le nom de Nouristan. Mais cela ne déclencha rien chez Yune. Risha décida alors de lui présenter Maya, une élève de l'ASK dont le père était syrien et la mère norvégienne. Le défi ne consistait pas à trouver un environnement propice à une interaction, la bibliothèque étant l'endroit idéal pour ça, mais plutôt de s'assurer qu'une sorte de réaction chimique positive se produise entre eux. Maya était timide et réservée. Elle n'avait jamais eu de petit ami et ne semblait pas vraiment intéressée par ce genre de chose. Au contraire, Yune, lui, n'était intéressé que par une seule femme : Risha. Non seulement elle avait hérité de la belle voix spirituelle de Maryam, mais elle représentait les désirs et les fantasmes d'un Yune adolescent.

Risha décida qu'il fallait qu'elle compte sur Maya. Après tout, le manque d'intérêt de Maya pour les garçons semblait plus facile à vaincre que l'intérêt débordant de Yune pour sa bibliothécaire. Risha entreprit alors d'enfreindre les limites permises pour induire un certain type de comportement chez les humains. Oui, Risha inspira à Maya une attirance exaltée envers Yune.

Un après-midi de février, j'observais Maya qui se dirigeait lentement vers Yune assis dans la bibliothèque. Ses yeux marron foncé lui venaient manifestement de son père, mais elle était clairement Norvégienne par sa taille et la couleur de ses cheveux. Elle sourit et s'assit. Yune lisait un livre intitulé *L'Unicité de Dieu – ses implications sur la pensée et la vie*. Il la fixa du regard pendant quelques secondes.

Comme toutes les élèves d'ASK, elle portait une jupe bleu marine et un chemisier blanc. Ses cheveux étaient noués en chignon à l'arrière de sa tête.

« Mlle Trisha m'a dit que tu t'intéressais à la Norvège. »

« Ah bon ? »

« Oui, j'aimerais bien parler de la Norvège avec toi. Ma mère vient d'Oslo, la capitale de la Norvège. »

« Oui, je sais. »

« Ah bon ? »

« En fait, je sais que c'est la capitale, mais je ne savais pas que ta mère venait de là-bas. »

« C'est drôle. »

Maya gloussa alors que sa main touchait celle de Yune avec l'innocence d'un geste affectueux. Yune parut troublé. Il ne s'attendait pas à ce que le contact de sa main fût si doux et si chaud. Il voulut réagir, dire quelque chose.

« Eh bien quand allons-nous commencer à parler de la Norvège ? »

Pendant les mois qui suivirent cette rencontre, Yune en vint à prendre plaisir et à chérir les moments passés avec Maya. Ses premières tentatives d'écriture de poèmes furent inspirées par son désir de partager ses pensées et ses sentiments avec elle. Il lui arrivait de partager le même poème avec Maya et Risha. Mais Risha prenait garde à ce qu'il ne se sente pas déloyal et qu'il n'éprouve pas de conflit intérieur. Ce qui intéressait Risha en premier lieu, c'était de faire en sorte que ce qui se passait entre Yune et Maya finisse par les conduire dans le pays du soleil de minuit.

Malgré la largeur d'esprit du père de Maya dans bien des domaines, il pouvait difficilement tolérer que sa fille voie Yune régulièrement. Mais Maya avait un frère, Basel, qui devint rapidement l'ami de Yune. Basel était l'excuse idéale pour justifier les fréquentes visites de Yune chez Maya. Souvent, pendant ces visites, Yune ne passait que peu de temps avec Maya. Même lorsque son père n'était pas à la maison, la mère et la sœur aînée de Maya s'arrangeaient pour que Yune vienne précisément voir qui il prétendait voir, c'est-à-dire Basel. A de rares occasions, ils se voyaient seuls tout en haut des escaliers de son immeuble. Ils s'asseyaient par terre devant la porte fermée donnant sur le toit de l'immeuble, se tenant par la main et se demandant si quelqu'un les avait vus monter les escaliers, et si quelqu'un les verrait descendre.

C'est pendant ces longs moments passés dans la chambre de Basel, à attendre que Maya trouve une nouvelle excuse pour passer devant la chambre de son frère, ne serait-ce qu'un instant, que le projet d'un voyage au pays du soleil de minuit prit forme. C'est en fait la mère de Maya qui suggéra Narvik lorsqu'elle découvrit qu'ils désiraient visiter le nord de la Norvège. Yune, se rappelant les diverses histoires sur Narvik qu'il tenait de Risha, adopta l'idée avec enthousiasme.

Maya et sa famille partiraient pour Oslo pour leurs vacances annuelles fin juin, et Yune les rejoindrait à la mi-juillet. Il passerait quelques jours à Oslo, et ils achèteraient un billet de train qui leur permettrait de voyager partout en Scandinavie pendant deux semaines. Il fallait qu'ils arrivent à Narvik avant le 18 juillet, le dernier jour où le soleil se trouve au-dessus de l'horizon.

Un jour avant son départ pour Oslo, Yune rencontra Risha dans la bibliothèque.

« Je pars demain. »

« Demain ? »

« Demain. »

« Jusqu'à Narvik ? »

« Oui. »

« Je veux que tu me promettes quelque chose. »

« Oui, tout ce que vous voulez. »

« Ouvre ta main. »

Yune ouvrit sa main et la fixa d'un regard plein d'espoir. Elle mit une petite enveloppe jaune clair dans sa main et dit :

« Lorsque tu verras le soleil de minuit, je veux que tu ouvres ceci et que tu récites les mots qu'elle contient. »

Yune fit oui de la tête et se dirigea vers la porte principale de la bibliothèque. Il resta là pendant quelques secondes, comme pour s'imprégner de son image, puis il sortit.

Basel et Yune prirent le train d'Oslo à Trondheim le matin du samedi 16 juillet. Ils arrivèrent environ sept heures plus tard. Ils prirent ensuite un autre train pour Storlien à la frontière suédoise. On ne pouvait pas se rendre à Narvik directement depuis Trondheim et il fallait en fait se diriger à l'est vers la Suède pour ensuite aller vers le nord-ouest jusqu'à Narvik. De Storlien, ils voyagèrent jusqu'à Ånge, puis Boden qu'ils atteignirent après plus de vingt et une heures de voyage. Ils étaient épuisés, ils avaient faim et, surtout, ils ne se voyaient pas monter dans un autre train ! Ils n'étaient plus qu'à six heures de Narvik, mais Basel insista pour qu'ils couchent à Boden et qu'ils reprennent un train pour Stockholm, dans le sud. Ils allaient laisser tomber Narvik et son soleil de minuit !

« Ecoute, Yune, j'en ai marre de toute cette nature. C'est sympa. »

« d'accord. Mais je veux la civilisation. Je veux une ville scandinave moderne à présent ! »

« Et le soleil de minuit ? »

« On ne pourrait pas oublier le soleil de minuit, s'il-te-plaît ? Je ne veux plus en entendre parler. Écoute, il faisait encore jour hier vers onze heures du soir. Quelle différence cela peut-il faire de voir la lumière du jour à minuit ? »

« Ce n'est pas ça, c'est le spectacle du soleil qui se couche au-dessus de l'horizon. »

« Ça, mon vieux, c'est seulement s'il n'y a pas de nuages. Tous ceux avec qui on a parlé ont dit qu'il y avait presque toujours des nuages. »

Yune hésitait. L'idée d'un vrai lit à Boden et, plus tard, d'un bon restaurant dans une ville comme Stockholm semblait danser dans son esprit. Mais au moment où je me demandais si le plan élaboré par Risha n'allait pas s'effondrer, une jeune femme en robe jaune clair apparut. Elle marchait sur le quai comme s'il s'agissait d'un podium. Alors que Yune la fixait, sa main, dans un réflexe, plongea dans la poche où il avait mis la petite enveloppe de Risha. Il y jeta un œil et l'enfonça dans sa poche. La femme en robe jaune clair se tenait à présent devant Basel et Yune.

« Excusez-moi, savez-vous à quelle heure arrive le train pour Narvik ? »

Sa question était adressée à eux deux, mais elle ne regardait que Yune.

Yune lui répondit :

« Il arrive dans une demi-heure environ, quarante minutes pour être exact. »

« Merci. Vous n'iriez pas aussi à Narvik, par hasard ? »

Yune n'hésita pas une seconde :

« Mais si, bien sûr. Narvik, c'est là où je vais. »

Basel en resta la bouche bée d'incompréhension totale et de mépris complet.

« Eh bien, je vous souhaite un bon voyage à Narvik à tous les deux. » En disant cela, Basel sortit de la gare.

Yune et Anna, puisque c'était son nom, s'assirent côte à côte et se racontèrent leur vie et leurs rêves. Il lui dit qu'elle lui rappelait beaucoup une femme qui était plus qu'une bibliothécaire, et elle lui parla de toute cette beauté qu'elle espérait voir à Narvik. Mais, pendant le trajet, Yune s'endormit et lorsqu'il se réveilla enfin à la gare de Narvik, Anna avait disparu.

Yune prit une chambre dans un petit hôtel de Narvik le dimanche 17 juillet vers deux heures de l'après-midi. Là, il prit une douche chaude et se réjouit de pouvoir se prélasser dans un lit confortable. Il pensa à Basel et à ce qu'il pouvait bien faire à Boden, mais aussi à Maya dans sa maison d'Oslo, et à Mlle Trisha au milieu de ses livres et ses films. Vers dix heures, Yune quitta la chambre. Il demanda à un homme à l'accueil quel était le meilleur endroit pour voir le soleil de minuit.

« Eh bien en fait, n'importe quel endroit fera l'affaire ce soir. Le ciel est si clair. Prenez le funiculaire jusqu'au sommet de la montagne. C'est près de l'hôtel. Vous aurez une vue splendide du soleil de minuit. »

Ainsi, pendant la nuit du 17 juillet, Yune était sur le mont Fagernesfjellet au-dessus de Narvik. Quelques instants avant minuit, alors que le soleil atteignait son point le plus bas au-dessus de l'horizon, il ouvrit l'enveloppe jaune de Risha. A l'intérieur, à sa grande consternation, se trouvait un poème qu'il avait jadis écrit et partagé avec Maya et Risha :

> *Quelques minutes avant le coucher du soleil*
>
> *Un ange arrive*
>
> *Pour rassembler un monde*
>
> *Dansant sous le soleil*
>
> *Ton esprit dansait pour faire venir la pluie*
>
> *Ton cœur pour une fenêtre.*
>
> *Ton corps pour un cadre.*
>
> *Mais une voix murmurait au loin :*
>
> *Que les fragments ne fassent bientôt plus qu'un.*

Je me suis souvent demandé pourquoi il fallait que Yune aille à Narvik. Pourquoi envoyer un garçon de dix-sept ans au Cercle arctique ? Qu'était-il supposé apprendre pendant un tel voyage ? Si au moins il avait rencontré quelqu'un là-bas, quelqu'un comme le guide spirituel que Moïse rencontra là où les deux mers se rejoignent, cela aurait eu un sens. Aller même jusqu'à Narvik à la recherche d'un guide spirituel, voilà qui aurait pu être le secret d'un tel voyage. Mais Yune n'y rencontra personne. Et une fois là-bas, voilà que Risha lui fait lire un de ses propres poèmes !

Je faisais part de mon trouble à Risha. Après réflexion, peut-être que je n'aurais pas dû.

« Pourquoi avoir envoyé Yune à Narvik ? »

« J'ai du mal à croire que tu me poses cette question. Je croyais que nous l'avions tous les deux parfaitement compris ! »

« Ne me traite pas avec condescendance. »

« J'aime bien te traiter avec condescendance. »

« Donc, toi non plus tu n'en as aucune idée. »

« Bien sûr que si ! Si je n'avais pas ressenti le message, je n'aurais pas pu aider à le dévoiler. Il fallait que Yune aille à Narvik, qu'il soit seul à Narvik, et qu'il récite ses propres mots à Narvik ; il fallait qu'il le fasse pour apprendre une leçon importante ! »

« Quoi ? Quelle leçon ? »

Que parfois, dans la vie, nous devons parcourir une longue distance et la seule personne que l'on rencontre au bout du chemin c'est soi-même, la seule voix que l'on entend c'est la nôtre. »

« Tu plaisantes, j'espère. Pourquoi Yune devrait-il apprendre une telle leçon ? »

« Là, tu sors de mon domaine. Pour répondre à ta question, il faudrait que je sache le but ultime de Yune, et ce à quoi on le prépare exactement. Tu connais la réponse à ces questions ? »

« Tu sais bien que non. »

« Parfois je me demande… Non, je plaisante. »

Pendant sa dernière année à ASK, Yune prouva qu'il avait complètement intériorisé les méthodes de sa bibliothécaire. Il pratiquait si parfaitement l'art de la séduction qu'il était de loin le jeune homme le plus populaire d'ASK. Avec son T-shirt noir, son jeans et ses bottines, ses longs cheveux blond cendré et sa taille élancée presque féminine, et plus important encore, une personnalité qui tenait à la fois de la sensualité de John Donne et la spiritualité de Blake, beaucoup de jeunes filles de son âge rêvaient d'entrer en contact avec Yune de quelque manière que ce soit. Bien que Yune éprouvât toujours un sentiment particulier pour Mlle Trisha, c'est plus le désir de lui faire part de ses expériences récentes qui le poussait à aller la voir plutôt que le désir d'apprendre ou de trouver l'inspiration auprès d'elle. Il était évident que son éducation était achevée.

3

Encouragé par Robert, son cousin du côté maternel, Yune posa sa candidature au Macalester College à Saint Paul, dans le Minnesota. Il ne posa aucune autre candidature et au mois de mai, il reçut la lettre d'admission. Il devait quitter le Koweït en juillet. Je dois avouer que j'étais très inquiet. Yune semblait si libéré de toute inhibition que rien qu'à l'idée qu'il allait voyager jusqu'à Saint Paul, puis assister aux soirées débridées des étudiants de première année, je souhaitais que les cinq mois qui restaient avant de pouvoir ouvrir le second rouleau du troisième cylindre se terminent demain. Un soir, je fis part de mes inquiétudes à Risha.

« Quelle est la ligne rouge à ne pas franchir exactement ? Qu'est-ce que Yune n'est pas autorisé à faire ? »

« Tu me demandes à moi, l'ange de la séduction, la ligne à ne pas franchir ? »

« A qui d'autre puis-je le demander, Risha ? Tu es son ange gardien pendant encore cinq mois. »

« On dirait que tu préférerais que ce ne soit pas le cas. »

« Je suis juste inquiet, Risha. Pas toi ? S'il devait encore rencontrer une jeune femme dans un parc, et qu'elle soit aussi disposée et empressée que l'était cette serveuse japonaise, viendrait-il se réfugier dans tes bras une nouvelle fois ? Sincèrement, j'en doute. Il n'a plus les inhibitions qu'il avait alors. »

« C'est quand même un peu fort que je doive te mettre sur la bonne longueur d'onde, toi l'ange chargé de tisser des liens contradictoires pour en faire une trame qui ait du sens ! Comment peux-tu supposer un seul instant que ce sont les inhibitions de Yune qui l'empêchent de franchir ce que tu appelles les lignes à ne pas franchir ? Même lorsqu'on prend en considération tout de ce nous faisons pour faciliter les choses, beaucoup d'autres choses entrent en jeu. »

« Ce que je veux dire c'est que… »

« Rien ne peut mal tourner ? »

« Exactement, Raqeem. Et pas seulement parce que nous faisons les choses avec un talent exceptionnel. »

« Parce ce qu'en plus de nous, le dessein a ses propres agents qui interviennent lorsque nous ne le pouvons pas ? »

« Ou peut-être simplement parce que l'objectif ultime de Yune ne peut être transgressé, quand bien même Yune ferait tout pour qu'il le soit. Tu te souviens de Jonas ? »

« Celui dont Yune tient son nom ? »

« Oui, le Jonas de la Bible et du Coran. Il tente de se détourner de son objectif, et se retrouve dans une baleine, pour finalement être rejeté sur le rivage afin d'accomplir ce qu'il était censé faire depuis le début, convertir sa ville au monothéisme. »

« En d'autres termes, le fait même d'essayer d'échapper au dessein fait partie du dessein lui-même ? »

« C'est magnifiquement exprimé, Raqeem ! Bon, si je n'arrête pas de parler comme ça, je vais avoir l'impression d'être quelqu'un d'autre. En fait, c'est déjà ce que je ressens, et je n'aime pas trop cette impression. »

« Nour ? »

« Oui. Oui. Laissons Nour de côté, s'il-te-plaît. Garde la foi, mon cher Raqeem, et arrête de t'inquiéter pour des lignes, qu'elles soient rouges ou pas ! »

En juillet, Yune dit au revoir au Koweït. Sa dernière entrevue avec Maya fut très tendre. Il arriva chez elle quelques instants après le départ de son père pour le travail. Elle portait un pyjama en flanelle rose. Alors que sa mère préparait le petit déjeuner dans la cuisine, ils restèrent sur le pas de la porte et échangèrent quelques mots. Il tenait sa main comme pour lui dire, « Merci. Je suis désolé de ne pas t'avoir aimée comme tu m'as si merveilleusement aimé. »

Ses adieux à Risha furent plus intenses. Il ne quitta la bibliothèque qu'après lui avoir fait promettre de lui écrire une fois par semaine, de lui téléphoner au moins une fois par mois, et de faire tout ce qu'elle pouvait pour lui rendre visite à Saint Paul. Il rassembla même tout son courage et l'embrassa sur la joue, un long baiser pour exprimer huit ans de gratitude et oui, cela me rendit un peu jaloux. Il ne se doutait pas que Risha avait déjà prévu de réapparaître à Saint Paul, cette fois-ci comme concierge de Dupre Hall.

Yune planifia son voyage à Saint Paul de façon aussi méticuleuse que Basel et lui avaient planifié leur voyage au nord de la Scandinavie. Plus il voyageait en voiture, en train et en bateau, moins il aimait l'idée de voyager en avion. Il quitta le Koweït pour Damas en voiture avec un ami de son père. De Damas, il prit un bus pour Tartous, un port syrien sur la Méditerranée, et de là, il embarqua sur un cargo russe en partance pour Limassol à Chypre. Il y retrouva Hadi, un ami du Koweït qui était arrivé par avion auparavant.

Après quelques jours dans un hôtel essentiellement fréquenté par des prostituées asiatiques (c'est Hadi qui l'avait choisi) ils voyagèrent en bateau jusqu'à Venise. Vingt-quatre heures plus tard, ils se trouvaient dans la ville de l'amour romantique. Une semaine après, ils prirent un train pour Rome où ils mirent mes nerfs à l'épreuve pendant deux semaines. Au début d'août, Yune quitta Hadi et prit le train jusqu'à Southampton. C'était avant la construction du tunnel sous la Manche et il dut traverser en ferry, puis s'arrêter à Londres avant de finalement prendre le train pour Southampton. Pourquoi Southampton ? Parce que le 5 août, Yune devait monter à bord du QE2 pour une luxueuse traversée de l'Atlantique de six jours. La mère de Yune, sa grand-mère, sa tante et son cousin l'attendaient au port de New York. Après quelques jours passés à la maison de famille de Jane à New Rochelle, NY, Yune et sa mère prirent un train de la compagnie Amtrak, d'abord pour Evanston où habitait la sœur de Jane, la mère de Robert, et finalement pour Saint Paul où ils arrivèrent le 26 août 1984.

De toutes les occasions que j'ai eues de m'inquiéter pour Yune pendant son long voyage à Saint Paul, malgré les paroles rassurantes de Risha, aucune n'égale son séjour à Rome. C'est là que Yune rencontra Beatris, une jeune femme suisse qui parcourait l'Italie. En quelque sorte, tout est la faute des pieds. Oui, des pieds, en particulier des pieds de femme caressant l'eau de la Fontaine des Naïades sur la Piazza della Republica. Yune avait laissé Hadi qui dégustait un espresso dans un café voisin pour voir la fontaine de plus près. Quatre nymphes l'attendaient, sculptées jadis par Mario Rutelli, et une cinquième qui savourait un bain de pieds, la jupe relevée au-dessus des genoux. Sa peau était laiteuse et légèrement rosée. J'ai toujours su que Yune était obsédé par les pieds. Je l'avais observé alors qu'il contemplait les pieds de sa bibliothécaire pendant des heures. Et Risha, sans doute, jouait le jeu en changeant tous les jours de sandales, de ballerines et de bottines. Je ne me souviens pas de l'avoir jamais vu aussi fasciné. Était-ce la présence des nymphes de Rutelli qui saturait l'air de sensualité, ou simplement les pieds de cette femme jouant avec l'eau, ou les deux ?

Toujours est-il qu'il l'aborda.

« Ce que vous faites peut être très dangereux. »

« Dangereux ? Pourquoi, à cause de l'eau ? » répondit-elle avec un accent allemand prononcé. »

« Non. A cause des yeux. »

« Des yeux ? Quels yeux ? »

« Les miens. »

« Je suis désolé, mais je ne comprends pas. »

« Si vos pieds adorables continuent à se frotter l'un contre l'autre dans l'eau, il faudra que je vous invite à partager une glace au citron avec moi. »

Elle hésita, puis rougit, puis sourit, et enfin fit oui de la tête.

En quelques minutes, Hadi était aux oubliettes, et ils se trouvaient chez un glacier en train de manger une version italienne très citronnée de glace. Mais si Yune avait pris l'initiative, cette jeune femme aux cheveux courts, blonds et frisés, devait rapidement prendre la relève.

« C'est assez sexy les citrons non ? »

« Oui. »

« Tu veux goûter la mienne ? »

« Je pense que la mienne est très semblable à la tienne, mais pourquoi pas ? »

Yune s'attendait à ce qu'elle approche sa cuillère de ses lèvres, mais c'est sa bouche pleine de glace au citron qu'il rencontra, et en une fraction de seconde, elle l'embrassa comme il ne l'avait jamais été auparavant. Il gardait les yeux ouverts comme pour exprimer sa perplexité face au mélange de sensations qu'il était en train d'éprouver. Lorsqu'au cours de la conversation il fut question de là où elle habitait, de la proximité de son hôtel, et de son désir de lui montrer la vue depuis sa fenêtre, j'ai compris que je devais faire quelque chose, que je ne pourrais jamais avouer à Risha.

« Où étais-tu passé ? » demanda Hadi, visiblement gêné et contrarié à la vue de Beatris qui, à ce moment-là, était assise sur les genoux de Yune.

« Comment m'as-tu trouvé ? »

« Sans Alberto je n'aurais jamais deviné où tu étais. »

« Alberto ? Qui c'est, Alberto ? »

« Tu me le demandes ? C'est toi qui me l'as envoyé. On peut y aller, s'il-te-plaît ? Ravi de vous rencontrer... »

« Beatris. »

« Oui, Beatris, je suis désolé, mais il faut vraiment qu'on y aille à présent. »

En disant cela, Hadi arracha pratiquement Yune de sa chaise.

Saint Paul – automne 1984.

Yune et sa mère arrivèrent à Saint Paul fin août. Ils entrèrent dans Macalester College avec une grosse malle noire. Jane s'était bien préparée et avait consulté plusieurs de ses amies, et les amies de ses amies, et elles lui avaient toutes conseillé d'acheter une malle, ainsi qu'une veste garnie de duvet, des bottes étanches, des sous-vêtements thermiques et des tas de pulls. Mais en août, il faisait chaud et humide à Saint Paul. Yune préféra ne pas discuter avec sa mère de la fonction exacte de cette malle noire et de son contenu. Il lui tardait trop de se plonger dans la vie universitaire. Il la serra dans ses bras et la remercia de tout ce qu'elle avait fait.

« Prends ceci. Il s'agit de quelques numéros de téléphone dont tu pourras avoir besoin. »

Yune jeta un regard rapide au morceau de papier.

« Le Centre islamique ? »

« Oui, j'ai découvert qu'il y en avait un à Columbia Heights, pas très loin d'ici. »

« Merci, maman. S'il-te-plaît, fais-moi savoir que tu es bien rentrée. Je t'aime. »

Yune quitta sa mère alors qu'elle terminait son café dans la cafétéria du syndicat étudiant. Un taxi devait bientôt venir la chercher et la conduire à l'aéroport. Il marcha en direction de Dupre Hall en tirant sa lourde malle, et en se demandant pourquoi diable il aurait jamais besoin de contacter le Centre islamique ici, dans le Minnesota, alors que même au Koweït, il n'allait que très rarement avec son père à la prière du vendredi ? Il était loin de se douter que dans moins de cinq mois il se rendrait en voiture à Columbia Heights dans une tempête de neige à la recherche de ce même Centre islamique !

« Je m'appelle Debra Koch, bienvenue à West Dupre. Votre chambre est la 201. Vous la partagerez avec Chris. C'est un gars très sympa qui vient du New Jersey. »

« Il y a un je-ne-sais-quoi chez cette Debra », je pouvais presque entendre Yune se dire ça. Il attendit son départ de la chambre pour ouvrir la malle et en vider le contenu. Soudain, la voix d'Elvis Costello chantant « *You Better Watch Your Step* » emplit la pièce. Chris venait d'entrer et, selon son rituel, il avait instantanément poussé le bouton « *play-back* » sur son magnétophone Sony.

« Salut, je m'appelle Chris. Je vois que tu as dû acheter une malle noire, toi aussi ? »

« Eh oui, on dirait bien. Je m'appelle Yune. »

« Yune ? »

« C'est ça. C'est Jonas en arabe. »

« C'est génial. Écoute, prends une douche et habille-toi, Monsieur Yune. On doit faire le tour de pas mal de soirées. Je serai ton guide particulier. Oh, à propos, j'espère que tu aimes Elvis Costello ? »

« J'adore. » En fait, Yune n'avait jamais entendu parler de Costello !

Chouette, parce que je l'écoute sans arrêt, sans arrêt, Monsieur ! »

Ainsi, avec Chris comme guide, Yune fit le tour d'innombrables soirées dans les résidences. Jusqu'à la mi-septembre quand les cours devaient commencer, Yune passa presque tout son temps avec Chris, et il leur arriva même de dormir côte à côte dans les couloirs des résidences de Macalester.

« Eh, ta tête est sur mon épaule ! »

« Désolé, vieux. On est où exactement ? »

« Quelque part dans Wallace. »

« Comment on est arrivé à Wallace ? On n'était pas à Bigelow ? »

« Bigelow ? On n'a jamais mis les pieds à Bigelow ! »

« Toi, t'es peut-être à Wallace, mon vieux, mais moi, y'a pas de doute, je suis à Bigelow ! »

Une fois, pendant une soirée qui se tenait à Turck Hall, Yune, sentant tout d'un coup qu'il avait besoin d'air frais, décida de sortir quelques minutes. Alors qu'il se tenait près de la porte principale, quelqu'un l'appela.

« Hé, Yune, c'est moi, Walid. »

Walid était un étudiant koweïtien que Yune avait rencontré dans une soirée au Centre International. Bien qu'ils ne se soient pas fréquentés au Koweït, l'idée de rencontrer quelqu'un à Saint Paul qui avait vécu dans son pays plaisait à Walid.

« Entre, c'est ma chambre. Assieds-toi. Tu veux boire quelque chose ? »

« Non, merci. J'ai besoin d'air. Tu peux ouvrir la fenêtre ? »

A ce moment-là, une jeune fille entra. Elle mesurait environ 1,65 m, les épaules carrément larges, des cheveux auburn foncé, coupés court et permanentés. Elle portait un pyjama bleu marine qui faisait magnifiquement ressortir son teint pâle. Mais le plus frappant c'est qu'elle était pieds nus ! Yune ne dit rien, même lorsque Walid voulut les présenter l'un à l'autre. Il était si fasciné par l'énergie dont elle emplissait la pièce qu'il n'entendit même pas ce que Walid disait.

« Il n'est pas toujours si grossier, Amanda. Il lui arrive de parler. Hé, mon vieux, regarde-moi. Voici Amanda. Sa chambre est en face de la mienne. »

« Je suis désolé. Je suis encore étourdi par la soirée dont je sors. Je m'appelle Yune. »

« Yune ? C'est Suisse ? »

« Non, tu dois penser à Carl Jung ? »

« C'est ça. »

« Oui, mais mon nom est simplement Yune avec un « e ». C'est la version arabe de Jonas. »

« Je suis curieuse. J'aimerais en savoir plus. D'où viens-tu ? »

« Eh bien, c'est assez compliqué. On pourrait dire de Damas. »

« Damas ? Tu n'as pas l'air de quelqu'un qui vient de Damas. »

« Tu vois, c'est pour ça que c'est compliqué. »

« J'aime les choses compliquées. On va faire un tour pour parler ? »

« D'accord, allons-y. »

Le voilà donc parti se promener avec Amanda qui était en pyjama et les pieds nus. Ils firent l'aller-retour le long de Grand Avenue jusqu'à RC Dick Market. Il parla et parla encore comme jamais auparavant. Il n'avait jamais encore rencontré quelqu'un qui s'intéressât à ses idées sur la religion, la politique et la vie en général. Amanda prenait du plaisir à parler de tout avec un mélange surprenant de tolérance et de ferveur. Lorsqu'enfin il la raccompagna à sa chambre, il n'y eut pas de sentiment de gêne, rien du genre qui va embrasser l'autre le premier, ou qui devrait inviter l'autre à entrer. Cette fois-ci, ils se contentèrent d'un « C'était une discussion formidable. Il faudra remettre ça demain. » Yune jeta un dernier coup d'œil à ses pieds et retourna à Dupre.

De retour dans sa chambre, il trouva Chris en train de caresser les cheveux d'une jolie brune.

« Hé, Yune. Où tu étais passé ? »

« Je suis allé me promener. »

« Voici Annecke, de Hollande. »

« Salut, Annecke. Tu veux que je revienne plus tard ? »

« Non, non, je t'en prie, reste. J'étais en train de lui parler de ce délicieux truc exotique à l'huile d'olive. »

Le « truc exotique à l'huile d'olive » c'était le *za'tar*, du thym avec des graines de sésame, aussi populaire en Syrie que le beurre de cacahuète aux Etats-Unis. Yune en prépara un petit bol et le leur tendit avec un sachet de biscuits salés. Il se sentait particulièrement serein ce soir-là. Il s'allongea sur son lit et s'endormit rapidement alors que Chris et Annecke s'embrassaient et que Costello chantait « *Man out of time* ».

Pendant les jours qui suivirent, Yune et Amanda se virent souvent. Il apprit qu'elle venait de Saint Paul et que ses parents étaient divorcés. Sa mère l'avait éduquée, mais elle ressemblait beaucoup à son père et se conduisait souvent comme lui. Elle se définissait comme démocrate libérale, chrétienne déçue, et pardessus tout, féministe. Dans sa chambre, ce n'était pas Costello en permanence, mais plutôt les albums de piano plus raffinés de George Winston.

L'attachement entre Yune et Amanda me réconforta comme rien n'avait pu le faire dans la vie de Yune depuis Maryam. L'ironie voulait que Risha, à présent déguisée en Debra Koch, n'aime pas du tout Amanda. Je ne compte plus le nombre de fois où elle essaya d'interrompre leur conversation dans la chambre de Yune. Aussi, début octobre, je décidai d'aller voir Risha à West Dupre.

« Mon cher Raqeem, ou devrais-je dire Alberto ? »

« Tu as donc vu ? »

« Tu n'es pas le seul à te servir d'un écran, tu sais ! Tu as agi selon ton cœur, mais tu devrais être désolé pour Beatris. Tu lui as vraiment fait peur ! »

« Oublie Beatris. Tu as quelque chose contre Amanda ? »

« Amanda. Amanda. C'est vrai, je ne l'aime pas. »

« Pourquoi ? »

« Écoute, je sais que mon temps avec Yune touche à sa fin. Et je sais que je n'ai plus rien à lui apprendre. Mais même s'il ne reste qu'un jour, je ne laisserai personne éteindre la flamme que j'ai eue tant de peine à allumer. Ni Amanda, ni personne. »

« Mais pourquoi Amanda ferait-elle cela ?

« Eh bien, le seul fait qu'elle te rassure est une preuve suffisante qu'on ne peut pas lui confier ma flamme. Caspisce, Alberto ? »

« Compris. J'ai juste une autre question, qui est Debra Koch exactement ? »

« Debra est la jeune fille qui était supposée arriver cet automne pour être la gardienne de cet étage ! Malheureusement, des difficultés l'ont empêchée d'arriver ce semestre. Tu as entendu parler de la mononucléose, c'est très courant dans le Midwest. »

« Comme c'est intéressant ! Que va-t-il se passer lorsqu'ils se rendront compte que tu as falsifié ton identité ? »

« Ils pourront toujours me chercher sur le mont Hermon ! »

Visiblement, ma visite était un échec. En fait,

Risha se fit plus ferme dans ses manœuvres anti-Amanda. Elle découvrit une version américaine de Maya, et la présenta à Yune. Lyly était une belle blonde qui habitait à l'étage au-dessus d'Amanda, dans Turck. Elle était en tout point l'opposée d'Amanda. Elle suivait Yune partout, et ne s'intéressait absolument pas aux discussions intellectuelles. Elle se contentait d'être près de lui. L'attention qu'elle lui portait ne dérangeait pas Yune dans la mesure où elle ne le forçait pas à une intimité sexuelle, même si elle lui tenait souvent la main et l'embrassait. Mais, en fin de compte, au grand dam de Risha, il passait tant de temps avec Amanda qu'il n'en avait presque plus à consacrer à Lyly.

Une fois seulement, Yune fut sur le point de succomber à Lyly. Un soir, comme il se trouvait près de sa chambre, il décida de passer lui dire bonsoir. Comme d'habitude, sa porte n'était pas fermée, et lorsqu'il entra il la vit debout devant un miroir simplement enveloppée d'une serviette rouge. Elle sortait de la douche et ses cheveux étaient encore mouillés. Elle s'avança vers lui et, sans dire un mot, elle éteignit la lumière. Puis elle le mena vers son lit et lui fit signe de s'asseoir. Il obéit. Elle laissa tomber la serviette et se mit à s'habiller. Une robe courte turquoise et rien en dessous. Suivirent des bas jusqu'en haut des cuisses, blancs et extrafins. Elle vaporisa un peu de parfum sur son cou d'un flacon de CK, et s'assit à côté de lui. Ce qui se passa pendant les quelques minutes qui suivirent, ou plus exactement ce que Yune ressentit, il le transcrivit plus tard dans un poème :

Les instants où tu marquas une pause pour dessiner un cercle ou ériger un drapeau trahirent ton dessein de séduire

Tu n'avais pas l'intention de t'arrêter.

Chaleur, moiteur, profondeur, telle était ta destination.

Le temps même faisait partie de ton plan élaboré.

Dans une minute tu atteindrais son genou.

Quelques secondes plus tard, tu franchirais la ligne

Qui sépare le nylon de la chair.

L'innocence de l'érotisme.

Le stratagème de la conquête.

Rien ne t'avait préparé à une chute aussi dure.

Sa main qui s'abat sur la tienne.

Combien de temps peux-tu vivre en suspens,

Interdit et pourtant convié ?

La réaction de Lyly fut si inattendue que Yune retira précipitamment sa main et sortit de la chambre. La raison pour laquelle Lyly avait décidé de l'empêcher l'aller plus loin resta un mystère pour elle comme pour Yune. Plus tard, elle s'endormirait en rêvant qu'elle avait agi autrement. Mais je dois avouer que c'est moi qui l'ai poussée à ce moment précis à mettre sa main sur celle de Yune avec fermeté. Si je ne l'avais pas fait, peut-être que Yune se serait arrêté de lui-même. Mais, à l'inverse de Risha, j'ai toujours eu du mal à gérer ces événements, même en étant convaincu que rien ne pouvait aller de travers.

En revanche, c'était tout autre chose que d'observer Yune et Amanda visiter des musées, prendre un café turc et des baklavas au restaurant Java au centre de Minneapolis, ou se promener au bord du Mississippi près de Saint-Thomas. J'adorais les écouter alors qu'ils exploraient leurs horizons intellectuels. Et ce n'était pas que des paroles. Ils transformaient leurs convictions communes en règles et spécifiaient même les exceptions à ces règles. Lorsqu'un jour ils tombèrent d'accord pour dire que pour manger de la viande il fallait faire abstraction de la manière dont l'animal était abattu, ils décidèrent sur-le-champ de devenir végétariens, mais pas tout à fait. Le poisson, lui, était permis. Et lorsqu'Amanda raconta l'histoire de sa voisine de palier qui avait été à deux doigts de l'hospitalisation parce qu'elle avait trop bu, ils décidèrent tous les deux de ne plus boire d'alcool.

Vers la fin du semestre d'automne, la tante de Yune l'invita à passer Noël chez elle à New Rochelle. Yune demanda à Amanda si elle voulait bien l'accompagner. Il était prévu qu'il parte avant Noël et qu'Amanda le rejoigne après avoir passé le jour de Noël dans sa famille. Mais Risha n'abandonnait toujours pas. Pendant les quelques jours que Yune passa à New Rochelle avant l'arrivée d'Amanda, alors qu'il sortait le plus souvent avec sa cousine Lisa et ses amies, Risha s'arrangea pour que l'une d'entre elles éprouve une attirance irrésistible pour Yune qui la conduisit directement dans son lit.

« Comment es-tu arrivée là ? Où donc est ma cousine ? Qu'as-tu fait de Lisa ? »

« Rien ! Elle dort. Tout le monde dort. Il ne reste plus que toi et moi. »

« Toi et moi ? » En répétant ses paroles, Yune remarqua qu'elle portait un short en coton rose et un T-shirt blanc sans manches.

« Oui », répondit-elle en l'embrassant.

« Il faut que je te fasse un aveu. »

« Tu es aussi attiré par moi que moi par toi ? »

« Eh bien, en fait, la vérité c'est que je suis gay. »

Elle se figea, éloigna son corps et, sans dire un mot, sortit de la chambre.

4

Amanda arriva le vendredi 28 décembre. Tout le monde se rendait compte de l'entente intellectuelle qui existait entre eux. Sans se préoccuper de l'endroit où ils se trouvaient ou de qui était avec eux, Yune et Amanda n'arrêtaient pas de parler. Je suis certain que Risha devait souvent se demander comment ils pouvaient avoir encore des choses à se dire. En plus de leur amour du dialogue, Yune et Amanda avaient autre chose en commun : ils aimaient le luxe, en particulier les restaurants et les hôtels luxueux. Ainsi, ils projetèrent de passer le réveillon du Nouvel An à New York. Ils rassemblèrent toutes leurs économies, Yune plus qu'Amanda, et déboursèrent 225 $ pour une magnifique chambre avec vue sur Manhattan. La chambre, cependant, n'avait rien qui puisse évoquer une intimité physique. Après avoir assisté à la chute de la boule de Times Square et un repas dans un restaurant chic, ils avaient tout simplement besoin d'un endroit pour se reposer, un endroit luxueux.

Je me souviens très bien de cette nuit-là. Amanda portait une robe que sa grand-mère lui avait donnée. Elle était en velours rouge, près du corps, avec des boutons de la même couleur du haut jusqu'en bas. Environ une heure après minuit, Amanda et Yune, épuisés, étaient assis dans un piano-bar et buvaient une piña colada après s'être difficilement frayé un passage à travers des foules immenses qui répandaient leur euphorie sur Times Square. C'est à peu près à ce moment-là que je ressentis le besoin d'ouvrir la boîte à nouveau. Huit années s'étaient écoulées et le second rouleau du troisième cylindre était prêt à être ouvert :

Son voyage à Damas commencera cette nuit, lorsque
Le château de glace fondra sous une lumière d'Orient
Nour – 2 années

« Nour, il faut que tu partes pour New York. »

« La veille du Jour de l'An. As-tu seulement une idée de l'atmosphère lourde et sombre qu'il doit y avoir ? »

« Tu es convoquée, Nour. Regarde ce rouleau. »

« Après huit années de Risha, c'est mon tour ? »

« Oui, il le faut. »

« Quel sens cela peut-il avoir ? »

« Eh bien, il y a pas mal de similitudes. »

« Comment cela ? »

« La dernière fois que tu es venue, tu as opéré quelque chose en Yune à travers Maryam. Cette fois-ci c'est par le biais d'Amanda. »

« Le château de glace, c'est Amanda ? »

« Oui, c'est ça. Une fille du Minnesota, le pays des châteaux de glace ! »

« Et elle le ramène à Damas. »

« Oui, mais qui sait quand ? Concentrons-nous sur ce soir. En ce moment, ils sont dans un piano-bar. »

« Comme c'est propice à un changement spirituel ! »

« Nous nous étions mis d'accord pour arrêter les sarcasmes. »

« Bien, bien. Je pars dans quelques minutes. »

« Tu te feras passer pour qui ? »

« Dans un piano-bar, je ne peux que me faire passer pour une serveuse. Mais je peux te garantir que je serais très différente de la serveuse qu'il a rencontrée à Londres autrefois. »

« Je n'en doute pas, Nour. »

Nour sortit de ma caverne et quelques minutes plus tard, elle circulait dans le piano-bar « Chez Carmen », vêtue d'un chemisier blanc et d'une jupe noire. A la place du foulard que je l'ai toujours vue porter, elle arborait un bandana de satin blanc.

« Vous voulez autre chose à boire ? »

« Bien sûr, peut-être des piña coladas ? »

« Ou bien notre spécialité ? »

« Qu'est-ce que c'est ? »

« Arabian Crescent. »

« C'est quoi, au juste ? » s'enquit Amanda très intriguée. »

« Je vous en apporte et vous verrez. »

Peut-être Nour avait-elle mis quelque chose dans leur verre, ou peut-être était-ce sa seule présence, mais peu après leur avoir apporté leurs boissons, ils se mirent à parler de religion, en particulier de l'islam.

« Comment se fait-il que tu ne me parles jamais de l'islam ? Tu es bien musulman, non ? »

« Oui et non. »

« Parle-moi du oui. »

« Eh bien oui, parce que l'islam m'a été inculqué depuis mon plus jeune âge par quelqu'un cher à mon cœur. »

« Qui ? »

« Maryam, ma sœur. Elle a cette foi étonnante en Dieu. »

« Parle-moi de son Dieu. »

« Elle a une idée de Dieu avec laquelle je me sens en paix. »

« Dis-moi. »

« Dans l'islam, Dieu a trois attributs. »

« Tu as un ton très professoral. »

« Ce doit être l'Arabian Crescent ! Quoi qu'il en soit, le premier est la transcendance. Dieu n'est ni dans le temps ni dans l'espace. Et Dieu ne peut être comparé à rien de ce que nous connaissons. Ainsi, parler de Dieu comme le père ou le fils, ou en utilisant une terminologie similaire, même s'il ne s'agit que d'une métaphore, c'est tomber dans le piège de la description de Dieu selon nos propres termes. »

« Qu'y a-t-il de mal à ça ? »

« Eh bien, pense à la fille qui a été abusée sexuellement par son père, tu crois qu'il est juste de lui demander de concevoir Dieu comme un père ? Et lorsque vous décrivez Dieu comme ressemblant à un Européen… »

« Là tu attaques ma religion ! »

« Attends, je croyais que tu étais déçue du christianisme. »

« Je le suis. Que moi je le dise, c'est une chose, mais que toi tu critiques la religion dans laquelle j'ai grandi, c'en est entièrement une autre. »

« Amanda, je ne m'en prends pas au christianisme. Il y a beaucoup de choses qui me touchent dans le christianisme. Toute la famille de ma mère est chrétienne, tu sais. J'essayais seulement d'expliquer comment l'islam voit Dieu parce que tu me l'as demandé. Restons-en là, et voyons plutôt pourquoi les gens sont si excités par le commencement d'une nouvelle année. »

« Non, je veux que tu poursuives ce que tu étais en train de dire. »

« Tu te rends compte à quel point tu es devenue susceptible ? »

« Oui, parfaitement. Quoi qu'il en soit, tu ne peux pas t'arrêter maintenant. »

« Très intéressant. Qu'y a-t-il dans ton verre au juste ? »

« Rien ! Il est vide, et en fait, j'en prendrais bien un autre. »

Nour prit la commande et revint rapidement avec un autre verre. C'était magnifique de voir comment Nour s'y prenait avec le barman, les serveuses et même le patron. En de rares occasions, il m'est arrivé de pratiquer *l'ighsha'*, ou comment abolir la capacité des gens de remettre en question votre présence, mais seulement pour un temps très court. C'est un acte qui demande une énergie spirituelle intense, et je me souviens que le peu de fois où je m'en suis servi, j'en suis sorti épuisé.

Nour mit le deuxième verre d'Arabian Crescent sur la table. Elle se rapprocha d'Amanda et lui murmura quelque chose à l'oreille. Amanda sourit et, pour la première fois en présence de Yune, elle rougit.

« Qu'est-ce qu'elle t'a dit ? »

« Rien qui te regarde. Je t'en prie, continue avant que je ne devienne encore plus susceptible. »

« Très bien. Comme je le disais, si on décrit Dieu comme un jeune Européen, comme c'est souvent le cas pour le Christ en Occident, on met un masque à Dieu, et par là même des millions de gens qui ne peuvent tout simplement pas se retrouver en Lui vont se sentir rejetés. Pense aux Africains, et aux Asiatiques. Doivent-ils croire que Dieu a choisi un fils de race caucasienne plutôt qu'une autre ? »

« Alors quel masque l'islam propose-t-il ? »

« C'est justement ce que j'essaie de te dire, Amanda, aucun masque, quel qu'il soit. »

« Aucun masque ? »

« Aucun masque. A l'instant où tu lui mets un masque, tu enfreins la transcendance. »

« D'accord. Avance. »

« Tu te crois où ? Dans un McDonald ? »

« Je ne crois pas que c'est comme ça qu'on parle à une femme qui en est à son second Arabian Crescent ! »

« Je ne crois pas t'avoir jamais vue dans cet état. »

« Eh bien, si tu veux que j'en sorte, continue. »

« Le deuxième attribut est l'unité. J'aurais peut-être dû en parler d'abord. En arabe, on utilise le mot *tawhid*. C'est plus fort qu'unité, unicité convient un peu mieux. Toute suggestion qu'il y a quoi que ce soit de divin ou qui ressemble à Dieu en dehors du Dieu unique ou que cette unicité puisse être divisée ou partagée est proscrite. Il s'agit essentiellement d'une interprétation intransigeante du monothéisme. »

« Tu reprends un ton professoral. »

« Avec toi, il est aussi difficile de parler que de s'arrêter de parler. »

« Exactement. Je veux te rendre nerveux. »

« Pourquoi ferais-tu ça à quelqu'un d'aussi gentil que moi ? »

« La vérité ? »

« Oui, bien sûr, la vérité. »

« Parce que tu me remets en question et pour la première fois depuis le début de nos discussions je ne sais pas comment réagir en face de toi ! Je ne veux pas défendre l'image de Dieu dans laquelle j'ai grandi parce qu'en tant que féministe j'ai toujours eu du mal à en accepter ses assises masculines. Avec les quelques paroles que tu as échangées avec moi aujourd'hui, tu as élucidé l'essence même de ma manière d'aborder Dieu jusqu'à aujourd'hui. Maintenant, si tu es malin, tu feras comme si tu n'avais même pas entendu ce que je viens de dire et tu continueras de parler. »

« D'accord. Le troisième attribut est la proximité ou l'immanence. C'est celui que je préfère. »

« Qui donc t'a appris à parler comme ça ? »

« J'ai beaucoup lu, Amanda. Pendant longtemps, j'ai pratiquement vécu dans la bibliothèque de mon école. »

« On dirait bien. Continue, s'il-te-plaît. »

« L'immanence signifie que Dieu est très proche, plus proche de nous que notre propre cœur. C'est là que l'islam et le christianisme se rejoignent. Maintenant tu sais. Passons à autre chose. »

« D'accord. J'espère que ça n'a pas été trop pénible. Je dois admettre que tu es très séduisant quand tu parles comme un professeur. Je peux te poser encore une question ? »

« Une seule. »

« Pourquoi passais-tu pratiquement tout ton temps dans la bibliothèque ? »

« J'étais épris des pieds de la bibliothécaire. »

« Voilà une histoire que j'aimerais bien que tu me racontes. »

« Très bien, mais sortons d'ici. J'en ai assez de cet endroit. »

« Nour, que lui as-tu murmuré à l'oreille ? »

« Tu veux vraiment savoir ? »

« Je suis tellement, mais tellement curieux. »

« Je lui ai dit qu'il avait l'air d'être un bon parti, et qu'à sa place je n'argumenterais pas trop avec lui. »

« Qu'est-ce qui t'a poussée à dire ça ? »

« Raqeem, tu n'as pas remarqué comme elle était sur la défensive ? Je voulais juste détendre la tension qui montait en elle. »

« Elle a vraiment rougi. »

« Uniquement parce que j'ai mis le doigt sur un point sensible en elle qui est attiré par Yune. Et pas seulement de façon intellectuelle. »

Ils passèrent le reste de la nuit et une grande partie de la matinée à dormir à l'Astoria. Ils couchèrent dans des lits à part et firent des rêves différents. Yune rêva que Maryam prenait Amanda par la main et partait avec elle. Et Amanda rêva qu'elle se prosternait, comme elle avait vu les musulmans le faire à la télé, et qu'au moment où sa tête touchait le sol, elle était envahie d'une sensation merveilleuse. C'était comme si le seul fait de se prosterner, la tête contre le sol, soulevait son corps tout entier. Lorsqu'elle se réveilla, elle fit part de son rêve à Yune et tout de suite après, elle fit cette déclaration choquante :

« Je veux devenir musulmane. »

« Amanda, je t'en prie, ne parle pas comme ça. Notre conversation d'hier soir n'était qu'une discussion comme toutes celles que nous avons déjà eues et celles que nous aurons plus tard. Je ne suis même pas un musulman pratiquant. Je ne l'ai jamais vraiment été. »

« Qui parle de toi ? Tu ne comprends pas. Je ne peux pas te décrire le sentiment que j'ai éprouvé, et je ne peux tout simplement pas l'ignorer. »

« Mais ce n'était qu'un rêve. »

« Non, pas du tout. C'est plus que ce que je n'ai jamais éprouvé en étant éveillée ! »

« D'accord. Voilà ce qu'on va faire : on va régler notre note, prendre le petit déjeuner, et peut-être ensuite trouver une librairie avec une traduction anglaise du Coran. Je crois que tu devrais y aller mollo et voir comment tu te sens dans une semaine. »

« Allons prendre le petit déjeuner. Mais Yune, tu me connais assez pour savoir que je parle avec certitude, et que je ne vais tout simplement pas changer d'avis. »

Yune et Amanda retournèrent à New Rochelle avec une traduction anglaise du Coran par Arberry. Ils devaient rester une nuit à New Rochelle, puis prendre l'avion pour Saint Paul le lendemain à LaGuardia. Ce soir-là, alors qu'Amanda, assise dans sa chambre à l'étage, lisait son nouveau livre, Yune fit une chose qu'il n'avait pas faite depuis longtemps. Il téléphona à Maryam.

« Salut, Maryam. »

« Yune ? Tout va bien ? Où es-tu ? »

« Tout va bien. Je suis désolé d'appeler si tard. »

« Ne dis pas ça. Par quoi as-tu été si absorbé ? »

« Amanda. »

« Qui est Amanda ? »

« Amanda, c'est la fille qui est à l'étage et qui a décidé de devenir musulmane ! »

« Quoi ? »

Yune raconta toute l'histoire d'Amanda, telle qu'il en avait été témoin. Lorsqu'il eut fini, il y eut un silence. Finalement, Maryam dit :

« Ce n'est peut-être qu'une passade. Mais si elle est sincère, elle ne va pas être facile à gérer. »

« Que veux-tu dire ? »

« J'ai rencontré des convertis ici à L.A., Yune. Ils font preuve d'une austérité que beaucoup de gens ont du mal à supporter, surtout les gens aussi sensibles que toi. »

« Je peux te donner son numéro ? »

« Bien sûr. »

Alors qu'ils étaient dans l'avion qui les ramenait à Saint Paul, Amanda lui fit part de quelques versets qui l'avaient touchée. Elle était fascinée par l'histoire d'Adam et Eve qui, au contraire de son parallèle biblique, parlait de leur repentir et, par conséquent, ne faisait pas intervenir le concept du péché originel. Yune aimait bien ce sujet. Mais quand elle commença à lui demander ce qu'il fallait faire au juste pour devenir musulman, il la regarda droit dans les yeux et lui dit :

« Amanda, je ne suis pas musulman pratiquant. J'ai la foi, c'est vrai, et la façon dont l'islam conçoit Dieu me convient, mais c'est tout. Je ne peux pas t'aider au-delà de ça. En fait, je crois qu'on peut être chrétien et musulman en même temps. Je suis un peu comme ça. »

« Eh bien, pas moi. Pourquoi ne peux-tu pas simplement répondre à ma question ? »

Yune secoua la tête, plongea la main dans sa poche et en retira un morceau de papier froissé avec le numéro de téléphone de Maryam gribouillé dessus. « Demande-lui », dit-il en tournant la tête vers le hublot.

5

Le 7 janvier 1985, c'est un Yune réticent et une Amanda enthousiaste qui montèrent dans la voiture d'un ami et se rendirent de Grand Avenue à Columbia Heights. Après avoir roulé dans une tempête de neige et s'être arrêtés dans d'innombrables boutiques pour demander la confirmation de l'adresse, ils arrivèrent dans une maison convertie en petite mosquée avec une cafétéria au sous-sol. En entrant, Amanda demanda où elle pouvait réciter la *shahada*, ou la profession de foi. Un homme d'âge moyen au visage doux les conduisit dans la salle des prières. Amanda portait encore le capuchon de sa veste sur la tête, et elle n'eut donc pas à couvrir ses cheveux. Ils s'assirent sur le tapis et, alors que Yune contemplait la tempête de neige par une fenêtre près du plafond, Amanda répéta après l'homme :

« Je témoigne qu'il n'y a qu'Un Dieu, et je témoigne que Muhammad est son serviteur et son messager. »

Une larme coula de l'œil d'Amanda. Yune fixait simplement la fenêtre du regard.

Après cet événement, Yune se dégagea de sa relation avec Amanda. L'idée de sa conversion le bouleversait trop. Amanda ne le retint pas ; elle avait trop à faire dans son propre univers. Au début du semestre de printemps, elle avait déménagé de sa résidence et emménagé dans un appartement avec quelques jeunes Malaisiennes qui l'avaient adoptée avec enthousiasme. Elle ne buvait plus du tout d'alcool, et le porc ne présentait pas de problème puisqu'elle était végétarienne. Elle commença aussi à prier régulièrement cinq fois par jour. Le changement le plus notoire cependant était le foulard et sa tenue pudique.

Au début du mois de février, Yune vit Amanda dans sa nouvelle tenue vestimentaire pour la première fois. Il parlait avec quelques amis lorsqu'il remarqua soudain que les trois jeunes Malaisiennes, qui allaient en général toujours ensemble avec leurs foulards colorés, étaient à présent quatre. Mais pas tout à fait, cette quatrième jeune fille n'était pas Malaisienne, cette quatrième jeune fille, c'était Amanda ! La vue d'Amanda portant un foulard lui fit sérieusement perdre son aplomb, et raviva de nombreux souvenirs de Maryam et sa révolution spirituelle dix ans auparavant. C'est ce lien qui eut le plus gros impact sur Yune et sur lequel j'avais essayé d'attirer l'attention de Nour. D'une certaine manière, il partageait de nouveau avec Amanda l'expérience à laquelle Maryam l'avait exposé. Il n'avait pas réussi à apprécier l'héritage de Maryam et, en quelque sorte, une seconde chance se présentait à lui. C'était comme si le bateau qu'il avait raté revenait à quai pour voir si oui ou non il était enfin prêt à embarquer. Il y avait tant de choses en jeu. Beaucoup trop pour se noyer dans une chanson d'Elvis Costello et un week-end de fête avec Chris.

Dès le mois de juin, Yune eut l'impression que son monde se dérobait à lui, ainsi que son aptitude à en profiter. Tout dans ce monde, toute cette beauté dont on pouvait jouir dans une université libérale comme Macalester, tout lui apparaissait subitement comme terni. Amanda s'était emparée de ses yeux, de sa façon de percevoir les choses. Combien de temps un cœur peut-il s'accrocher à une posture contraire à ce qu'il ressent ?

Yune répondit à cette question en juillet lorsqu'il se leva de son lit un dimanche après-midi, sortit de sa chambre, et se dirigea vers la salle de bain. Pour la première fois depuis des années, Yune fit le *wudu*, c'est-à-dire les ablutions rituelles pour la prière. L'eau était froide, et Yune se sentit revigoré. Debout dans sa chambre, il tenta de savoir pendant un moment quelle était la direction de La Mecque. Il avait entendu dire qu'elle se trouvait au nord-est. En quelques secondes, il décida qu'il devait faire face à la fenêtre. Il ferma la porte à clef, au cas où Chris ferait soudain irruption. L'idée de prier avec la musique de Costello en fond sonore lui était insupportable. Lorsque sa tête toucha le sol, il pria en silence :

« Mon Dieu, je suis si fatigué. Je sais que je n'ai pas été aussi proche de Toi que j'aurais dû l'être. Mais Tu sais que mon cœur ne T'a jamais trahi. Je ne suis pas sûr de pouvoir changer. Aide-moi. »

La « prière personnelle » de Yune, comme il devait l'appeler plus tard, non seulement l'incita à changer comme Amanda avait changé, mais le poussa à vouloir reprendre contact avec elle. Pourtant Amanda accueillit les visites enthousiastes de Yune qui suivirent avec une

réserve à laquelle il ne s'attendait pas. Il avait cru qu'Amanda lui saute-
rait au cou après l'avoir écouté raconter son expérience spirituelle. Au
lieu de cela, elle sourit simplement en se tenant devant la porte de son
appartement, et lui dit qu'elle était heureuse pour lui. Au début, Yune
mit cette retenue sur le compte de la présence des jeunes Malaisiennes.
Mais finalement, il se rendit compte qu'Amanda était devenue beaucoup plus circonspecte dans ses rapports avec les hommes, y compris
lui. Pourtant, plutôt que d'abandonner sa propre révolution spirituelle,
il entreprit de la poursuivre pour lui-même.

Il demanda à quelques amis Malaisiens qui avaient loué une maison
près du campus s'il pouvait loger chez eux et, en septembre, 85, il dit
au revoir à Chris et au 201 West Dupre. Yune se mit aussi à faire régulièrement les cinq prières journalières, bien qu'il éprouvât souvent
quelques difficultés à se lever à l'aube pour la prière du matin. Le ramadan commençait en mai, et contre ses propres attentes, Yune jeûna le
mois entier. De temps en temps, il rencontrait Amanda au moment
de *l'iftar*, ou pour les dîners spéciaux qui se tenaient au sous-sol de la
chapelle. Ils se souriaient, mais il était impensable de l'approcher alors
qu'elle était entourée de toutes ces jeunes Malaisiennes.

Le printemps 1986 arrivé, la sincérité de Yune avait vaincu toutes les
épreuves auxquelles il avait été confronté. Et elles furent nombreuses.
La plus difficile concernait les femmes. Une jeune Mexicaine qui
marchait pieds nus sur les pelouses de Macalester en l'appelant et lui
demandant de venir la rejoindre, alors que la voix de Prince chantant
Purple Rain retentissait d'une radio voisine. Une autre jeune fille dans
la librairie L'Esprit affamé lui demandant s'il n'avait jamais fait l'amour
avec une femme pendant qu'elle récitait de la poésie. Et une autre
encore à Kagin, le réfectoire, qui décida de le pincer alors qu'il faisait la
queue pour son déjeuner ! Et, pendant son sommeil, des tas de rêves de
femmes qu'il connaissait et de femmes qu'il n'avait jamais rencontrées
se succédaient.

Fin septembre 1986, Zahriman, un des étudiants Malaisiens avec
qui il partageait la maison, lui tendit une enveloppe. « Yune, la sœur
musulmane américaine est passée et a laissé ça pour toi. » Il attendit
d'être seul dans sa chambre pour l'ouvrir.

C'était une lettre d'Amanda. Il la lut avec soin et lorsqu'il eut fini, il
mit sa tête entre ses mains. Amanda venait de le demander en mariage.
Elle voulait l'épouser et fonder une « famille musulmane ».

Parfois, les décisions les plus importantes dans la vie ne demandent que quelques secondes de réflexion. C'était le cas. Yune s'empara du téléphone et composa son numéro.

« Tu l'as lue ? »

« Oui. »

« Et quelle est ta réponse ? »

« Oui, ma réponse est oui. »

Le mariage fut prévu pour le mois de décembre. Il y aurait, en fait, deux événements, une réception dans le sous-sol de la chapelle, et une cérémonie de mariage dans l'appartement d'Amanda. Yune réussit à convaincre ses parents, Jane plus que Jawdat, que son mariage le motiverait encore plus pour poursuivre ses études. Les parents d'Amanda ne s'étaient pas encore remis du changement spectaculaire de l'aspect extérieur de leur fille lorsqu'elle leur annonça la nouvelle. Ce n'est pas tant sa conversion à l'islam qui les dérangeait. Comme les parents de Maryam avant eux, les parents d'Amanda n'arrivaient pas à se faire au foulard. Et à présent, cette idée de se marier avant d'avoir terminé ses études leur faisait doublement soupçonner que leur fille, aussi brillante et remarquable fût-elle, s'était laissé entraîner dans une histoire bizarre, peut-être même sectaire. De façon ironique, le seul élément réconfortant dans toute cette histoire, c'était Yune. La mère d'Amanda avait en fait rencontré Yune avant la conversion d'Amanda et, après lui avoir fait subir le rituel du Midwest du Trivial Pursuit, avait conclu qu'il était tout le contraire du stéréotype arabe masculin.

Maryam et Sarmad arrivèrent de L.A. en avion. Etait-ce une coïncidence si le mariage d'Amanda et Yune devait avoir lieu le jour de leur dixième anniversaire de mariage ? Yune demanda à Sarmad de célébrer la cérémonie religieuse, car, dans l'islam, il n'est pas nécessaire qu'officie un homme de religion, et le mariage légal devait intervenir plus tard. Dix ans auparavant, Yune avait pleuré lorsque son premier amour avait été consacré à un autre homme. Mais ce soir-là, c'est Sarmad qui consacrait Yune à Amanda et Amanda à Yune. Et personne ne pleurait. Mais quelles idées pouvaient bien traverser l'esprit de Yune par cette froide nuit d'hiver ?

Les anges n'ont pas le pouvoir de lire dans la pensée des gens. Cette affirmation est exacte, mais doit être fortement nuancée. En vérité, nous ne pouvons pas entendre ce que les gens se disent en leur for intérieur. Mais notre intuition phénoménale, largement au-delà du niveau le plus développé de l'intuition humaine, est rarement prise en défaut lorsque nous l'utilisons pour juger de ce qui se passe dans les recoins les plus enfouis de l'esprit humain.

Les mariages sont des événements vécus dans le désir, l'espoir, la joie, la passion. Mais parfois aussi, comme j'ai pu en être témoin, on les vit dans la peur, le doute et même la tristesse. Mais ce que Yune ressentait n'avait rien à voir avec aucune de ces choses, ni même une sorte de mélange. Il avait plutôt l'impression que ce mariage était destiné à le sauver. De quoi voulait-il être sauvé ? Du retour inopiné d'un Yune qui aurait une fois pour toutes déraciné l'arbre que Maryam avait autrefois planté.

Le sens esthétique de Yune était si développé que la seule vue d'objets sans harmonie ou sans beauté, ou les deux, suffisait à le mettre de mauvaise humeur pendant des heures. Pourtant, il ne s'offusqua pas du vilain rideau mis en place pour séparer les hommes des femmes, en raison d'une conception de la pudeur qu'il ne pourrait jamais vraiment comprendre. Il ne fut pas non plus dérangé par la vue des chaussures éparpillées près de la porte parce que les musulmans pratiquants, et surtout les Malaisiens, interdisent que l'on porte des chaussures dans une maison. Mais le plus bizarre fut cette Américaine musulmane, mariée à un Saoudien et qui semblait avoir été désignée comme photographe de l'événement. Pourtant, elle portait un voile sur le visage qui ne laissait apparaître que ses yeux, et elle demanda à Yune et Amanda de poser pour une série de photos dans la cuisine !

Une autre soirée que celle-ci, à la simple idée que quelqu'un de son entourage puisse se sentir mal à l'aise, Yune aurait immédiatement fait tout son possible pour le soulager de sa gêne. Mais ce soir-là, ils étaient nombreux à ne pas cacher leur malaise : comme la grand-mère d'Amanda que l'on pouvait entendre se plaindre de devoir s'asseoir sur le tapis, le père d'Amanda, bien que plus diplomate, soulignant le fait que Sarmad n'était pas légalement autorisé à procéder à un mariage, et, bien entendu, la mère d'Amanda qui était si évidemment déconcertée par ce qui se passait qu'elle décida de garder le silence, et de partir tôt.

Yune observa tout cela, mais n'eut aucune envie d'intervenir. Si, quelques mois auparavant, on avait demandé à Yune de décrire ce que serait son mariage, il aurait parlé d'un jardin japonais avec des lanternes de pierre, des lotus et des bassins de carpes koïs, et de petits ponts en bois. Yune aurait décrit une fête où l'on aurait traité les invités comme des rois, et où les enfants se seraient promenés partout avec des roses blanches. Au lieu de cela, le mariage de Yune se passait dans un sous-sol, et les enfants se disputaient ou voulaient que leur mère les accompagne aux toilettes. La seule chose dans laquelle Yune pouvait se reconnaître, c'était la robe rose d'Amanda (qu'elle avait achetée sans qu'il le sache dans une boutique d'occasion dans Snelling pour la modique somme de 62 $), mais seulement à cause de sa couleur inhabituelle.

Pourtant, ce soir-là, rien de tout cela ne semblait avoir de l'importance. Le Cheval de Feu avait quitté le port, et rien de ce qui se passait sur le bateau n'était digne d'intérêt. Tout ce qui comptait pour Yune, c'était de croire en la destination du bateau – le plus loin possible d'une vie qui n'accordait aucune valeur à Dieu.

L'Evangile de Damas

IV. Une boîte pour chaque désir

Omar Imady

1

Nombreux seront les chemins à explorer.
Mais tous seront barrés par une porte scellée.
Sour – 10 années

Risha se trouvait dans ma caverne lorsque je brisais le sceau du quatrième cylindre. Je ne l'avais jamais vue aussi triste.

« Sour ? Voilà donc le jour arrivé où j'aurais préféré que ce soit Nour qui protège mon enfant. »

« Tu le considères toujours comme un enfant ? »

« Pour différentes raisons, oui, toujours. Mais à présent je vais le considérer comme un prisonnier. »

« Un prisonnier du royaume de Sour. »

« Ne sois pas si dure avec Sour. »

« La question n'est pas là. Il est tout simplement si difficile d'imaginer un cheval, un Cheval de Feu, se heurtant à une barrière, au moment même où il pensait pouvoir être libre. »

Sour portait des lunettes argentées avec une monture noire au-dessus de verres donnant l'impression qu'il avait deux rangées de sourcils. Il avait une petite tête et des cheveux gris, très courts. Sour regardait à travers un microscope lorsque j'entrai dans sa caverne.

« Je vois que tu t'intéresses aux bactéries ? »

« Qu'est-ce qui te fait croire qu'il s'agit de bactéries ? Pourquoi pas des chloroplastes dans des cellules de plantes ? Peux-tu me dire quelle est leur forme ? »

« Aucune idée. »

« Pense à une forme que j'aime. »

« Je ne savais pas que tu avais une forme préférée. »

« Elles sont rondes. »

« Vraiment ? »

« Oui. Tu devrais savoir que j'aime dessiner des cercles autour des choses. Encercler les choses, c'est ce que je fais. »

« Eh bien, il semble qu'on ait besoin de tes talents. »

Etait-ce à cause de Risha ou de mes propres sentiments, mais transmettre à Sour les informations dont il avait besoin pour prendre le contrôle de la vie de Yune se révéla une tâche difficile. Je savais exactement par où il allait commencer. Je pouvais presque voir dans ses yeux un plan se dessiner lorsque je mentionnai son récent mariage. Le premier travail de Sour serait de prouver à Yune que, chez les humains, l'amour avait ses limites. Ce faisant, Sour avait parfaitement conscience que Yune atteindrait rapidement ces limites, qu'il tenterait de voir s'il pouvait les dépasser. Lorsqu'il s'apercevrait que c'était impossible, il abandonnerait à jamais ses tentatives.

Il ne fallut pas plus d'une semaine à Sour pour évaluer les limites de la relation de Yune avec Amanda. Oui, une semaine. Il suffisait à Sour de modifier leur perception. Pour Amanda, la convertie, il fallait que Yune semble conspirer contre son engagement envers sa foi. Lorsqu'il l'invitait à sortir avec lui pour un dîner romantique, Sour faisait en sorte qu'elle ne pense qu'au fait que le restaurant servait de l'alcool, et que par conséquent, il était hors de question qu'elle mette les pieds dans un tel endroit. Lorsque Yune lui achetait une robe, Sour s'assurait qu'elle soit obnubilée par le fait qu'elle n'était pas conforme aux critères islamiques de la décence. Aux yeux de Yune, le poète qui croyait en Bisher le Va-nu-pieds, Amanda devait sembler non seulement refuser une relation sans retenue avec lui, mais aussi se montrer insensible, voire dure, dans sa manière de la refuser.

Il n'était pas agréable de voir Yune et Amanda se disputer, et j'essayais de l'éviter autant que faire se peut. Mais mon sens de la responsabilité envers le Cheval de Feu et les rouleaux me ramenait sans cesse devant mon écran. Se sentant écarté, Yune trouva refuge sur un canapé. Oui, un grand canapé où il passait toute la soirée à zapper d'une chaîne à l'autre comme s'il s'agissait d'un exercice purificatoire. Quelle situation ironique, moi collé à mon écran et lui collé au sien ! Parfois, il prenait un carnet et commençait à écrire un poème. Peu d'entre eux cependant furent achevés.

Elle arriva

Tenant une boîte pour chaque pulsion,

Une fonction pour chaque désir,

Un antidote pour chaque fantasme

Se métamorphosant dans l'esprit d'un poète.

Jusqu'à cinq heures

Je cherchais un foyer.

Un foyer en moi-même.

A présent, enfin, je suis fatigué : Poésie et thé.

Je cours vers mon refuge

Mais il ne se souvient pas de moi.

La perfection tombe à terre,

Un amas de guerre et de folie.

Un chemin qui divise une mer cosmique :

Poésie et thé.

La naissance de la première fille de Yune, Fatima, détourna Yune émotionnellement, mais n'eut aucun effet sur ce que ressentait Yune pour Amanda et vice-versa. Ni l'obtention de son diplôme à Macalester, ni le déménagement de la famille qui s'en suivit à Philadelphie, où Yune s'était inscrit en thèse au département des études d'Asie et du Moyen-Orient à l'Université de Pennsylvanie ne changèrent la dynamique fondamentale de leur relation.

Une fois satisfait d'avoir établi des limites infranchissables dans la relation de Yune et Amanda, Sour s'attaqua au tout récent sentiment religieux de Yune. Il était évident que Sour ne supportait pas que l'on considère quoi que ce soit comme sacré en son for intérieur. Pourquoi ? Parce qu'un tel statut n'appartient qu'à Dieu. Même le chemin qui mène à Dieu ne doit pas être pris trop au sérieux, sinon on risque de tomber dans la subtile association d'une idole, aussi intangible soit-elle, avec la gloire de Dieu. Une fois encore, Sour savait exactement comment s'introduire dans l'esprit de Yune. Yune avait une légère tendance obsessionnelle compulsive qui le rendait vulnérable à ce que l'on pourrait appeler une manie rituelle !

Avant de faire leurs prières quotidiennes, les musulmans doivent pratiquer le *wudu*, c'est-à-dire les ablutions rituelles. Le processus complet prend environ trois minutes. Mais Sour réussit à transformer chaque *wudu* en une véritable charade. Yune n'arrêtait pas de se poser des questions : s'était-il déjà lavé les bras ? Le visage ? La tête ? Peut-être ne s'était-il pas assuré que l'eau recouvrait entièrement telle ou telle partie de son corps, comme il était stipulé. Tout cela pour tout reprendre au début. Parfois, Yune ressortait de la salle de bain après avoir bataillé avec l'eau pendant vingt minutes. En conséquence, il lui était absolument impossible de prendre quelque plaisir que ce soit à la prière. Au milieu de tous ces tracas, il n'y avait tout simplement plus de place pour une expérience spirituelle. Lorsqu'enfin Yune était prêt pour la prière, non seulement ses vêtements étaient mouillés, mais il était souvent physiquement et mentalement épuisé.

Alors même que Yune subissait cette manie ritualiste, il tolérait de moins en moins cette attitude chez les autres. Tout en observant, je me demandais comment Sour avait réussi à remplacer le Yune qui jadis associait le style vestimentaire musulman à la force et à la beauté par un Yune qui n'y voyait plus qu'un code, un uniforme ! Il avait suffi à Sour de le dépouiller de tout ce qui jadis le rendait acceptable et aimable de façon inconditionnelle.

Parfois, Yune se tenait là à observer Amanda s'habiller méticuleusement avant de sortir. La scène était lourde d'ironie, une ironie silencieuse que je n'avais aucun mal à percevoir. Amanda pensait que chacun des vêtements qu'elle portait, depuis la longue jupe à plis et les bas marron foncé, jusqu'au manteau bleu ciel que Maryam lui avait offert, contribuait à révéler sa véritable nature. Pour Yune, en revanche, ces habits dissimulaient au lieu de révéler, et leur but ultime était de sacrifier sa sensibilité esthétique sur l'autel de la pudeur d'Amanda.

Amanda ne s'intéressait plus aux discussions intellectuelles. Elle avait trouvé ce qu'elle voulait, et les conversations de Yune lui apparaissaient comme des joutes verbales auxquelles elle n'avait aucune envie de participer. Un jour, alors qu'ils se rendaient en voiture chez sa grand-mère à New Rochelle, je vis Yune se rendre compte une nouvelle fois à quel point Amanda était devenue imperméable à ses pensées et ses propos.

« Tu te rends compte, bien sûr, que toutes ces règles que tu observes ne sont qu'un aspect particulier dans un océan de courants musulmans différents ? »

« De quelles règles sommes-nous en train de parler ? »

« Ta façon de t'habiller, de faire tes ablutions pour la prière... »

« Je ne crois pas que tu aies envie de parler de ta manière de faire tes ablutions ! »

« Cela n'a rien à voir. »

« Tu sais que je suis en train de conduire ? »

« Par exemple, pourquoi vouloir porter un manteau bleu et rien d'autre ? Pour quelle raison ce serait plus pudique que du vert ? »

« On pourrait arrêter de parler de mon manteau ? Quand ai-je jamais dit que c'était plus pudique ? »

« D'accord, oublions le manteau. Pourquoi est-ce si inconcevable d'avoir un petit arbre de Noël à la maison ? Nous avons tous les deux été élevés avec des arbres de Noël. »

« Noël c'est la célébration de la naissance du Fils de Dieu. As-tu la moindre idée de la gêne que cela provoque en moi ? T'ai-je dit que pour ma confirmation dans l'église luthérienne de ma mère, bien avant que j'aie entendu parler de l'islam, je ne pouvais me résoudre à répéter le passage qui concerne le « Fils de Dieu » ? »

« Oui, tu m'as bien raconté cette histoire. »

« Tu vois, tu connais toutes mes histoires, alors pourquoi est-ce que tu continues de me provoquer ? »

« Mais on n'a pas à le prendre comme ça. Je ne l'ai jamais pris comme ça. Pourquoi est-ce qu'on ne peut pas tout simplement le prendre comme la naissance du Christ ? »

Amanda secoua la tête, affligée par l'obstination de Yune.

« Cela ne te ferait pas plaisir de décorer un arbre de Noël avec Fatima ? »

Amanda mit la radio en marche. C'était Rush Limbaugh, l'animateur d'une émission-débat qu'elle se faisait un plaisir de haïr. Yune se tourna vers le siège arrière où Fatima était assise. Il regarda sa fille de trois ans et murmura, « Tu aimes les arbres de Noël, tout comme papa ? » Fatima sourit et fit oui de la tête.

2

Après avoir obtenu sa licence en sciences politiques de Macalester au printemps 1988, Yune et sa famille déménagèrent à Philadelphie. L'Université de Penn fait partie de l'Ivy League ; c'est une des plus anciennes universités d'Amérique. Elle promettait implicitement une expérience intellectuelle très enrichissante. Non seulement Yune se réjouissait à l'idée de faire cette expérience, mais, de manière inconsciente, il la considérait comme une compensation à n'avoir pu établir la relation qu'il désirait avec Amanda. Mais tout cela se passait avant que le Dr James Staks ne soit désigné comme conseiller académique de Yune, et plus tard son directeur de recherche. Je me suis souvent demandé si ce n'était pas Sour qui l'avait embauché. Il possédait presque plus de qualifications qu'il n'était nécessaire pour tout ce que Sour essayait d'accomplir. Le Dr Staks était un homme de petite taille avec de larges épaules et des sourcils broussailleux. Sa mère était grecque, et ses traits ressemblaient aux siens. De même que son tempérament. Le Dr Staks était notoirement connu pour ses coups de gueule méditerranéens. D'un autre côté, Yune était jeune et s'intéressait sincèrement au savoir. Rien ne l'avait préparé à l'éventualité que quelqu'un à Penn puisse interférer avec cette expérience, encore moins un professeur d'université. Dans ce cas, ce n'était pas la tendance de Yune à l'obsession compulsive qui aida à le faire tomber dans le piège. Ce fut plutôt sa politesse arabe qui l'empêchait de dire non aux gens qu'il avait appris à respecter. Dans la culture syrienne, on apprenait à respecter en particulier les enseignants, sans aucune réserve. Comme dit un proverbe arabe : « Ceux qui m'apprennent, ne serait-ce qu'une simple lettre, je serai éternellement leur serviteur. » Je ne sais pas très bien si c'est Sour ou le Dr Staks qui remarqua le premier ce trait de caractère chez Yune. Mais c'est ce trait qui rendit possible tout ce qui se passa par la suite.

Le Dr Staks demanda à Yune de travailler avec son équipe sur un projet financé par le Conseil européen des relations entre la Grèce et la Turquie. Mais Yune n'avait rien à quoi se référer, et très vite, c'est lui qui s'acquitta de toutes les tâches dont personne ne voulait. Au début, il se sentit honoré d'avoir été choisi, mais quatre mois plus tard, seul dans le bureau du Dr Staks, alors qu'il tapait page après page d'une étude insignifiante, il commença à penser qu'on abusait de lui. Là où ça commença à être vraiment drôle, c'est au milieu de l'année 1990, lorsqu'il s'agit de définir précisément le sujet de la thèse de Yune : le Dr Staks mit littéralement six mois avant d'approuver trois phrases ! Il refusait sans cesse l'exposé du problème, ou la *problématique*, comme il préférait dire, si bien que Yune était sur le point de tout laisser tomber. Le plus frustrant dans tout cela, c'est que ce qui fut finalement approuvé était pratiquement ce que Yune avait proposé au tout début.

Au milieu des frustrations émotionnelles et intellectuelles de Yune, au milieu de ce désert que Sour s'efforçait sans cesse d'agrandir, apparut une petite oasis que Sour laissa en paix, à ma grande surprise. Amanda adorait assister aux dîners de l'Association des étudiants musulmans, alors que Yune ne pouvait y survivre qu'en pratiquant l'hypnose sur lui-même, et c'est au cours d'un de ces dîners que Yune rencontra un jeune homme qui devait devenir son ami pour toujours.

Bien que très loin encore d'avoir découvert un islam qu'il pouvait sereinement accepter, Yune était déjà parfaitement convaincu que la majorité des musulmans qu'il avait rencontrés ne correspondaient pas à ses idéaux spirituels et intellectuels les plus élémentaires. Par exemple, Yune détestait les dîners de l'Association des Etudiants musulmans ; c'était l'occasion pour les hommes, séparés des femmes par un rideau, de se lancer dans des diatribes contre les autres sectes musulmanes, les autres religions et mieux encore, contre la grande conspiration juive.

Yune ne pouvait tout simplement retirer aucun respect de soi ni aucune conviction intime de ce genre d'attitude. En fait, cela lui donnait l'impression d'être entouré d'hypocrites. N'était-ce pas l'Amérique, se disait-il, qui leur accordait la liberté de prier sur le campus le vendredi, de s'habiller comme ils l'entendaient, de fréquenter qui ils voulaient, d'aller jusqu'au bout de leur quête intellectuelle et, oui, d'organiser ces dîners stupides ? Certains s'étaient même installés dans ce pays et avaient acheté des maisons dans les banlieues américaines. Ils font des barbecues dans leur cour et collectionnent des coupons. Pourtant, leur visage brille de joie lorsqu'ils s'en prennent à l'Amérique. Cela lui aurait été égal, en fait il aurait même été d'accord, si la critique portait sur la politique étrangère américaine au Moyen-Orient. Il considérait que l'attitude de l'Amérique par rapport au conflit israélo-palestinien penchait complètement en faveur d'Israël, même lorsqu'il était question des valeurs humaines les plus élémentaires. Mais toutes les paroles que Yune entendait au début de 1990 s'en prenaient systématiquement à l'Amérique et à tout ce qu'elle représentait. Comme il avait envie de crier : « Pourquoi vivre dans ce pays si vous le haïssez autant ? » Mais Yune, loyal envers ses sentiments, demeurait silencieux et préférait chercher un coin tranquille où il pouvait passer le reste de la soirée, et jouer avec la nourriture dans son assiette. C'est au cours d'une de ses soirées alors que Yune était assis seul dans un coin qu'un jeune homme l'aborda et se présenta à lui comme Tariq.

« Tu donnes l'impression de vouloir t'enfuir. »

« Ce n'est pas moi qui te le reprocherais. »

« Que veux-tu dire ? »

« Je crois que tu le sais. Tu ne peux pas participer à leur conversation. C'est évident. Ne t'inquiète pas, moi non plus. »

« Pourquoi pas ? » répondit Yune comme pour l'éprouver.

« Lorsque je les écoute vraiment, je me surprends à compter le nombre de sophismes qu'ils arrivent à produire. Mes lèvres se mettent à remuer involontairement : un, deux, trois. Puis je me mets à paniquer et je me demande s'ils ont vu ce que j'étais en train de faire. »

Yune éclata de rire. Il n'avait jamais ri à un dîner de l'Association des Etudiants musulmans auparavant !

« Quel genre de sophismes inventent-ils donc ? »

« Par où vais-je commencer ? Ils comparent les meilleurs aspects de leur culture aux pires aspects de la culture américaine. Ils sont constamment à la recherche du complot. Ils recherchent un complot même lorsque les preuves les plus éclatantes montrent qu'un tel complot n'existe pas. Ils fondent fièrement leur conclusion objective sur des présupposés subjectifs. »

« J'ai déjà entendu ça quelque part. Et qu'est-ce que tu étudies ici ? »

« L'Esthétique. »

« Tu parles sérieusement ? »

« Pourquoi pas ? Et toi ? »

« Eh bien, j'ai déjà rencontré beaucoup de musulmans qui étudient pour être médecins ou ingénieurs, ou d'autres disciplines scientifiques, mais l'esthétique, ça, jamais. Je fais des études sur le Moyen-Orient. »

« J'ai étudié l'architecture au MIT (*Massachussets Insitute of Technology*), mais à présent j'ai besoin de quelque chose de plus théorique. Les études sur le Moyen-Orient, ça a l'air intéressant aussi. Sur quoi tu travailles ? »

« Sur le rôle des institutions civiles dans le Moyen-Orient moderne. A propos, d'où es-tu ? »

« D'Égypte. Mais mes ancêtres étaient des Circassiens de la tribu des Besleney. Je suis allé au Besleney. C'est un endroit très beau, proche d'Elbrus, la plus haute montagne d'Europe. As-tu entendu parler du massacre des mamelouks ? »

« Tu parles de celui organisé par Muhammad Ali contre les mamelouks quand il les a invités dans sa citadelle ? »

« C'est ça, en 1811, je crois. Un seul a survécu, Amyn Bek. C'était mon ancêtre ! »

« Tu plaisantes ! »

« C'est vrai, l'histoire raconte même comment il a survécu. »

« Il était bien armé ? »

« Non, cela ne lui aurait été d'aucune aide. Juste avant de se rendre à l'invitation de Muhammad Ali, un de ses serviteurs a cassé un bol chinois précieux. »

« Plutôt que de le punir, Amyn a été très bon avec lui. »

« Et donc on l'a protégé ? »

« Oui, il a forcé son cheval à sauter du mur de la citadelle et il a survécu. »

« Je dois dire que cette conversation a quelque chose de complètement surréaliste. »

« Oui, mon ami. Ma femme ne voudra jamais croire que j'ai pu avoir une conversation intelligente avec quelqu'un ce soir. »

Yune sourit. Cela faisait longtemps qu'on ne l'avait pas appelé « mon ami ».

Ainsi, une amitié était née. Et dans le sous-sol de la maison que Yune avait louée sur Conshohoken Avenue dans la banlieue de Philadelphie, Tariq et Yune passèrent des heures et des heures à discuter de sujets qui allaient de la manière dont Paul Ricœur concevait l'absolu au commentaire de Carl Jung sur *la Sourate de la Caverne* dans le Coran.

Il était impossible que Sour ne se soit pas aperçu de cette relation. S'il avait décidé de l'ignorer, c'était sans doute par calcul. Si je devais avancer une hypothèse, je dirais qu'il essayait simplement de protéger Yune pour qu'il ne se perde pas complètement. La relation de Yune avec Amanda avait porté en elle la promesse d'une fusion existentielle totale, et c'est pour cela que Sour se sentait contraint de s'attaquer à elle. Avec Tariq, la relation n'apportait que le confort mental. Tariq savait parler lorsqu'il fallait détourner l'esprit de Yune des bruits qui l'envahissaient, et il savait écouter lorsqu'il fallait détourner le cœur de Yune d'un attachement qu'il désirait ardemment.

Parmi les histoires associées à Yune et Tariq, il en est une dont j'ai pris beaucoup de plaisir à observer. C'est l'un des rares bons souvenirs que je garde de toute cette période. C'est pendant l'été '92, alors que Yune et Tariq étaient tous les deux en pleine rédaction de leur thèse. Amanda et Fatima rendaient visite à la famille de Yune à Damas et Raydana, la femme de Tariq, et leur fils était au Caire dans sa famille. Tariq logeait chez Yune et ils projetaient de terminer trois chapitres de leur thèse avant que leur famille respective ne rentre. C'était ce qu'ils projetaient du moins jusqu'à ce que Tariq n'arrive un beau soir avec à peu près dix films étrangers.

« Tu ne le croiras jamais, Yune. J'ai découvert cet endroit dans Chestnut Hill appelé TLA. Ils ont une collection extraordinaire de films étrangers *d'avant-garde* : Fellini, Kurosawa, ils ont tout, mon ami. »

« Tu parles sérieusement ? »

« Très sérieusement. Assez pour nous préparer un fabuleux repas : sardines, oignons, sauce Tabasco et Coca ! Tout ce que tu as à faire c'est choisir le film que nous allons regarder en premier. »

Tariq grimpa l'escalier jusqu'à la cuisine alors que

Yune retirait les vidéos du sac et les examinait minutieusement. Après quelques instants, il avait réduit son choix à *La Cité des Femmes* de Fellini et 8 ½. Il choisit *La Cité de Femmes*, mais à peine avait-il introduit le film dans le magnétoscope qu'il lui vint soudain à l'esprit que Tariq venait de déclencher le début de la fin de tous les projets académiques qu'ils avaient mis en place pour l'été. Ce serait film après film, et après chaque film une longue discussion philosophique pour savoir exactement ce que le film signifiait, et avant de pouvoir s'en rendre compte, ce serait la fin de l'été et Amanda et Raydana seraient de retour !

D'un autre côté, il serait vain d'essayer de raisonner Tariq. Il était d'humeur fellinienne, et personne ne pourrait l'en faire sortir. Yune savait qu'il devait agir vite. Il entendait Tariq qui descendait l'escalier. Il attrapa des ciseaux sur la table et, sans hésiter, il les planta dans une des fentes du magnétoscope. Il les retira de la première fente et les inséra dans une autre, faisant en sorte d'infliger le plus de dégâts possible sans rien changer à l'aspect extérieur de l'appareil.

« Le festin est prêt ! Tu as choisi un film ? »

« *La Cité des Femmes.* »

« J'adore, j'adore ! Que le spectacle commence, mon ami. »

Yune appuya sur le bouton « marche » et vint s'asseoir auprès de Tariq. A sa grande surprise, l'appareil se mit en marche. Je pouvais presque entendre Yune se demander comment cela pouvait être possible. Mais, quelques secondes plus tard, au moment où le train qui emmène Snaporaz entre dans le tunnel, le magnétoscope s'arrêta. Tariq, qui venait de mordre dans un oignon blanc, ouvrit grand les yeux d'incrédulité. Pendant les deux heures qui suivirent, Tariq tenta tout ce qu'il pouvait pour faire marcher le magnétoscope, mais rien au monde ne pouvait réparer les dégâts infligés par les ciseaux de Yune.

3

Yune survécut miraculeusement aux traitements du Dr James Staks et fut reçu à son doctorat en décembre 1993. Tariq termina sa thèse environ une année plus tard. Mais dès janvier 1994, Yune et sa famille étaient revenus à Damas. Amanda avait pris la décision de rentrer à Damas des années auparavant. Elle voulait être près de l'ordre spirituel Shamsi que Maryam lui avait si merveilleusement décrit. Elle n'arrêtait pas de dire à ses amies qu'elle désirait élever sa fille dans l'entourage de femmes comme Maryam. Mais elle n'en avait délibérément pas parlé à Yune jusqu'à ce qu'elle soit sûre qu'il ait dépassé le point de non-retour dans la rédaction de sa thèse. A ce moment-là seulement, elle commença lentement à lui en suggérer l'idée. Yune fut tout d'abord déconcerté. Il ne s'était pas rendu compte à quel point Amanda avait adhéré à la voie Shamsi. Il était aussi inquiet quant au genre de travail qu'il pourrait trouver à Damas. Son rêve était d'avoir une chaire sur le Moyen-Orient dans une université américaine. Retourner à Damas, c'était abandonner ce rêve. Mais, en fin de compte, Yune se rendit compte que la bataille était perdue d'avance. L'installation à Damas était une de ces choses pour lesquelles Amanda n'accepterait aucun compromis.

Alors que Yune se faisait progressivement à l'idée de rentrer à Damas, il fit un rêve. Un rêve qui, à mes yeux et à ceux de mes sept compagnons, donnait un premier aperçu de la tâche qui devait lui incomber. Une image qui pouvait peut-être expliquer pour quoi ce jeune homme détenait une telle importance spirituelle. Yune rêva qu'il occupait une fonction importante à Damas. Il n'était pas vraiment certain de savoir quel emploi était le sien, mais il était chargé d'organiser un événement important qui devait avoir lieu la veille de Noël, dans la Grande Mosquée de Damas. Parmi les invités se trouvaient des ambassadeurs, de hauts fonctionnaires, des autorités religieuses musulmanes, et des représentants de chaque communauté chrétienne de Damas. Yune courait d'un endroit à l'autre en faisant son possible pour s'assurer que tout était bien en place pour ce qui allait se passer. Puis la scène se transforma pour dévoiler l'événement. Autour d'une estrade érigée dans la vaste cour de la Grande Mosquée, des enfants, garçons et filles, vêtus de blanc, portaient des roses blanches. Yune se trouvait à présent sur l'estrade, prêt à faire une sorte de discours de présentation. Mais, au moment où il s'apprêtait à parler, il se réveilla.

Yune se réveilla l'esprit totalement confus. Il téléphona à Tariq et lui demanda de venir le rejoindre au sous-sol pour discuter sérieusement avec lui.

« Alors, comment dois-je exactement comprendre ce rêve ? »

« Commençons par la fin. Si tu étais supposé savoir précisément de quel événement il s'agissait, tu ne te serais pas réveillé avant même d'avoir commencé ton discours. »

« Comment ça ? »

« Ecoute-moi, mon ami. Ton discours aurait tout expliqué. Les premiers mots que tu aurais prononcés auraient clairement indiqué de quel événement il s'agissait. Mais tu t'es réveillé. Et par conséquent, nous savons que tu n'es pas supposé savoir. »

« Mais alors, pourquoi avoir fait ce rêve ? »

« Parce que tu te disputes avec ta femme depuis si longtemps au sujet de ton retour à Damas, que tu es convaincu que ce projet ne concerne qu'Amanda. »

« C'est vrai. »

« Écoute-moi. Je pense que le rêve te dit que quelque chose d'important t'attend à Damas. Tu vas être chargé d'un événement si important qu'il implique la présence de hauts fonctionnaires, d'ambassadeurs et même de personnalités religieuses. »

« Mais pourquoi à la Grande Mosquée. »

« Parce que la Grande Mosquée n'est peut-être qu'un symbole pour Damas, mon ami. S'ils voulaient choisir un monument qui représente Damas, quoi de plus approprié que la Grande Mosquée ? C'est comme »

« New York et la Statue de la Liberté. Mais le fait est que ce n'est plus seulement le projet d'Amanda. C'est ce qu'il faut que tu comprennes. »

A partir de ce jour, Yune, qui avait déjà cessé de résister aux efforts d'Amanda pour le ramener à Damas, cessa également de lui en vouloir pour cela. Le projet de retour devenait tout d'un coup un projet commun. Le 19 décembre 1993, alors que Yune et sa famille montaient dans un avion de la Royal Jordanian à destination de Damas avec escale à Amman, Yune se demanda s'il trouverait à Damas, la ville du monde la plus ancienne à avoir été habitée sans interruption, ce sens de la vie qui lui avait échappé en Amérique. Mais à peine Yune était-il arrivé à Damas, que Sour fit en sorte, de manière effrénée, que Yune n'y rencontre rien qui lui procure une expérience probante qui donnerait un sens à sa vie.

Tout d'abord, Sour se concentra sur la ville elle-même. Yune avait souvent été troublé par toutes les histoires qu'il avait entendues à Philadelphie, concernant des enlèvements ou des fusillades liées à la drogue. Des histoires de femmes enlevées dans leur voiture en plein jour étaient fréquentes à Philadelphie dans les années 1990. Un étudiant arabe que Yune connaissait bien et qui conduisait un taxi le soir avait été tué d'une balle dans la tête même après avoir donné sa montre et son portefeuille à son agresseur. Une étudiante avait été violée dans son propre appartement, situé à un pâté de maisons du campus. Tout cela faisait que Yune avait tendance à surprotéger Amanda et Fatima. Il était toujours inquiet lorsqu'elles étaient sorties, quelle que soit l'heure de la journée. Un des aspects de Damas dont Yune se réjouissait à l'avance était la sécurité qui y régnait. Mais moins d'une semaine après leur arrivée, Yune fut frappé par une histoire étrange dont l'horreur égalait toutes celles qu'il avait entendues à Philadelphie. L'histoire concernait une boutique qui vendait des robes au marché Qasa, dans l'est de Damas. Une femme qui voulait essayer une robe fut conduite dans une pièce à côté où on lui injecta un sédatif. Etaient visées uniquement les femmes qui semblaient être seules. Ensuite, un chirurgien leur enlevait divers organes que l'on transportait rapidement en secret hors du pays. Plus tard, on se débarrassait des corps dans une décharge.

Cette histoire n'était sans doute que pure fiction. Mais Yune l'avait entendue et elle l'obsédait. En conséquence, l'image de Damas en tant qu'endroit suffisamment sûr pour calmer les angoisses de quelqu'un comme Yune qui s'inquiétait toujours trop, était anéantie !

Ensuite, Sour porta son attention sur l'aspect matériel de ce nouvel environnement. Le père de Yune avait acheté un logement pour la jeune famille, un bel appartement donnant sur un champ verdoyant à l'extrémité de Mazzeh. Tout dans cet appartement était parfait, à l'exception d'une odeur d'égout envahissante qui se répandait soudain dans toute la maison. Yune se mettait alors à courir dans tous les sens, cherchant à identifier la source de cette odeur. Il était pratiquement sûr qu'elle venait de la cuisine, mais il n'y avait rien dans la cuisine qui puisse l'expliquer. Il utilisait tous les désodorisants possibles et imaginables si bien qu'à la fin Amanda et Fatima le supplièrent d'arrêter. Deux ans plus tard, lorsqu'ils firent venir un plombier pour réparer un tuyau qui fuyait sous l'évier, ils trouvèrent enfin d'où venait l'odeur. Il s'agissait d'un tuyau connecté à la fosse septique principale du bâtiment. Le bouchon du tuyau n'était pas complètement étanche et, lorsque le vent s'engouffrait dans la fosse, l'air transportait l'odeur à travers tous les tuyaux qui lui étaient connectés et elle se répandait soudain dans l'appartement de Yune.

« Comment a-t-il pu faire une chose pareille ? »

« Tu ne l'as pas vu dévisser le bouchon, n'est-ce pas Risha ? »

« Tu sais très bien que c'était lui, Raqeem. Et ne me parle pas de sa mission. Je ne vois pas ce qui peut justifier le fait de remplir la maison de quelqu'un d'une odeur d'égout. »

Le père de Yune lui avait aussi offert une Mercedes 200 couleur crème. Il l'avait achetée en 1990, mais pratiquement personne ne l'avait utilisée depuis. Elle avait moins de 4000 km au compteur. Yune adorait cette voiture et trouvait dans l'odeur puissante de son cuir une compensation à l'odeur d'égout dans la maison. Alors que Yune conduisait sur l'autoroute, le moteur de la voiture s'arrêtait soudain. Yune faisait alors de son mieux pour la diriger sur le bas-côté de la route, évitant souvent de justesse un accident. La voiture fut envoyée encore et encore au garage principal Mercedes à Damas. Comme il voulait à tout prix être agréable au père de Yune, un personnage important, le directeur de la compagnie faisait en sorte que des ingénieurs allemands surveillent la révision. Ils ne trouvèrent rien qui puisse expliquer les pannes subites du moteur. Ce n'est que lorsqu'ils donnèrent la voiture à réparer à un vieux mécanicien de Damas, que le problème fut enfin identifié. Le moteur s'arrêtait parce que l'arrivée d'essence se bloquait brusquement. On identifia le coupable : c'était une minuscule particule de rouille. Lorsqu'elle était en suspension, l'essence coulait sans interruption, mais lorsqu'elle se fixait sur le petit gicleur intérieur, l'essence n'arrivait plus, et Yune devait soudain essayer de mettre sa voiture hors de danger.

« C'est criminel. Et à ta place, je convoquerais Wahi et je lui montrerais tout ce qui se passe. »

« Convoquer ? Risha, tu sais très bien qu'on ne convoque pas Wahi. »

« Pourtant tu semblais prêt à le faire lorsque c'est moi qui éduquais Yune. Tu te rends compte qu'il aurait pu le tuer ? »

« Ce n'est pas Sour, mais la rouille qui était responsable de l'arrêt brutal de la voiture. »

« Oui, une petite particule de rouille innocente qui a décidé de bloquer l'arrivée d'essence juste au moment où Yune conduisait sur l'autoroute. Tu ne peux pas croire ça, c'est impossible ! »

Mais de tout ce que Sour contribua à organiser, rien ne fut plus frustrant pour Yune que le travail qu'il finit par trouver. Yune voulait enseigner. S'il ne trouvait pas de poste à l'Université de Damas, il se contenterait d'un lycée international. Mais le père de Yune, Jawdat, avait d'autres projets. Jawdat était rentré à Damas en 1985 pour reprendre du service comme ministre de l'Économie. Il aurait bien aimé rester au Koweït, mais il s'estimait heureux, car à son retour, il avait pu faire libérer son neveu qui avait été emprisonné pour son appartenance à l'organisation des Frères musulmans. Jawdat avait appris par un fonctionnaire des Nations Unies qui était récemment venu lui rendre visite au bureau que l'UNESCO venait d'ouvrir un bureau régional à Damas. Ils cherchaient un jeune Syrien avec une éducation occidentale. En fait, on venait d'annoncer que le poste d'Agent national, le plus haut poste disponible pour un recrutement local, était vacant. Jawdat était ravi à l'idée que son fils travaille pour les Nations Unies et se mit à faire pression sur Yune et sur tous ceux qui pouvaient faire pression sur lui, Jane, Amanda, et même Maryam bien qu'elle soit toujours à Los Angeles, pour le convaincre de poser sa candidature à ce poste. Yune objecta qu'en fin de compte il s'agissait d'un poste de bureaucrate qui consistait à gérer du personnel, une objection qui fut rejetée par tout un chacun. Il fit donc acte de candidature, pensant que les sages, hommes ou femmes, des Nations Unies se rendraient vite compte qu'une personne classée comme INSP (Introversion-iNtuition-Sentiment-Perception) dans les types psychologiques de Jung n'était absolument pas adaptée à ce genre de travail. Mais Yune, avec son doctorat de l'Université de Penn, son anglais parfait, et les relations de sa prestigieuse famille fut immédiatement recruté. C'est ainsi que Yune devint Agent national de l'UNESCO à Damas. Yune préférait se décrire comme un super-secrétaire/comptable/relecteur. Il prenait les rendez-vous pour des consultants en visite à Damas, préparait le budget trimestriel pour le Bureau, et s'assurait que tous les rapports préparés par les experts syriens de l'UNESCO ne comportent aucune faute de grammaire ou d'orthographe.

Non seulement Yune devait subir tout cela, mais cette fois-ci sans que Tariq, ou tout autre ami en fait, ne le détourne de sa tâche. Quant à Amanda, même si elle avait pu faire quelque chose pour protéger sa santé mentale, Sour fit en sorte que toute son énergie soit dirigée ailleurs. Yune avait espéré qu'une fois à Damas, l'attitude d'Amanda envers lui changerait. En tant que convertie, elle devait se sentir menacée par un environnement non-musulman en Amérique, et cela expliquait peut-être en grande partie ses inhibitions émotionnelles : c'est le raisonnement que Yune adoptait. Peut-être qu'une fois à Damas, ville à prédominance musulmane, elle ne sentirait plus le besoin de placer ses mécanismes de défense à un niveau d'alerte aussi élevé. Peut-être se détendrait-elle, et leur relation pourrait revivre. Mais pour Amanda, une fois à Damas, le désir intense d'établir un lien avec ses mentors et ses sœurs Shamsi supposait de passer le plus clair de son temps à suivre des cours, des séances de dévotion, et toutes sortes de cérémonies religieuses. A cause de son niveau d'éducation, elle était aussi constamment sollicitée pour aider dans les écoles tenues par les sœurs Shamsi. Amanda ne faisait rien de tout cela de manière intentionnelle. Elle ne conspirait pas avec Sour, du moins, pas consciemment.

En moins de trois mois après leur arrivée à Damas, Yune se rendit pleinement compte que toute idée qu'il avait pu concevoir au sujet de la vie à Damas, et de la possibilité d'en faire une expérience un tant soit peu marquante n'était qu'une illusion. Pour Yune, un jour normal de sa nouvelle vie commençait par un réveil dans une maison qui diffusait soudain des odeurs d'égout, un trajet au travail dans une voiture qui pouvait à tout moment et sans explication s'arrêter, huit heures passées à trifouiller dans des papiers et interagir avec des collègues qui semblaient adorer trifouiller dans des papiers, pour finalement un retour chez lui dans une maison vide. Sour avait fini par complètement labourer le cœur de Yune. Mais combien de temps Yune pourrait-il endurer cela ?

L'Evangile de Damas

V. L'Evangile de Damas

Omar Imady

1

La veille de Noël 1996, le cinquième cylindre était enfin prêt à être brisé. Risha était là, impatiente de voir son enfant délivré des chambres fortes de Sour, et j'avoue avoir éprouvé le même sentiment.

Un disciple sera envoyé à Jean. Et ce disciple sera baptisé avec des mots. Et ce disciple apprendra à donner le souffle aux oiseaux.
Mizan – 2 années.

« Qui est Jean ? »

« Je ne sais pas, Risha. En réfléchissant bien, un des quarante se nomme Yahya, ou Jean. En fait, lorsque le Père Butrus est mort il y a à peu près six ans… »

« Attends, qui est le Père Butrus ? »

« Un des quarante. »

« Oui, oui, bien sûr. Continue. »

« C'est Yahya, Yahya Nouri qui a remplacé le Père Butrus en tant qu'un des quarante. Ça me revient maintenant. En fait, Nouri est apparenté à Sarmad ! »

« L'intrigue se complique. Eh bien, il ne devrait pas être trop difficile de présenter Yune à un de ses parents, l'oncle de son beau-frère. »

« Oui, mais le problème est que Sarmad est toujours à Los Angeles, non ? »

« Aucune idée. Renseigne-toi. »

« D'accord. Tu peux me rendre un service et prévenir Mizan ? »

« Tu es sûr qu'il n'y verra pas d'objection ? »

« Mizan c'est l'équilibre et la sagesse. Même s'il y voyait une objection, il t'accueillerait avec un sourire. »

Quelques jours plus tard, tout devint clair. Yahya Nouri était un des Maîtres de l'ordre Soufi Mevlevi. Il était très cultivé, avec des diplômes supérieurs en histoire et en droit, mais c'était un reclus, qui ne prodiguait son savoir qu'à un petit nombre de disciples. Mais voilà qui était intéressant : Sarmad, Maryam et leurs enfants allaient quitter Los Angeles définitivement et revenir à Damas ce jeudi-là. Le vendredi soir, Jawdat organisa une réception pour fêter leur retour. Yahya Nouri y fut invité. Et, bien sûr, Yune également.

« Comment as-tu fait pour être certain que Jawdat invite Nouri ? »

« Non, tu n'y es pas du tout. Il se trouve que Nouri est toujours invité. Yune aurait dû le rencontrer il y a longtemps. Mais Nouri ne se rend jamais chez personne ! »

« Alors ? Comment savoir s'il viendra à cette réception, »

« On ne peut pas le savoir ! Mais ça, j'ai l'impression que c'est du ressort de Mizan. Ecartons-nous et observons. »

Le vendredi soir, les hommes étaient rassemblés chez Jawdat Bukhari dans la grande salle des invités, et les femmes dans le salon plus informel. Etaient présents des parents de la famille de Sarmad et de celle de Jawdat. Yune essayait de s'occuper en servant le café et les petits gâteaux pour éviter toute conversation avec quiconque, conversation qui inclurait l'inévitable question : « Et le travail, comment ça va ? ». Soudain, la sonnette retentit. Yune ouvrit la porte et resta un court instant sans savoir quoi dire ni comment réagir. Devant lui se tenaient deux hommes à l'allure royale. Ils avaient tous deux une courte barbe blanche. L'un portait un costume noir, l'autre un manteau bleu sombre et un turban blanc.

Tout le monde se leva lorsque Nouri entra dans la salle des invités. Jawdat se précipita pour l'accueillir et le conduisit vers le fauteuil le plus en vue de la pièce.

Personne ne demanda ni même ne semblait se demander qui était l'autre homme. Ils pensaient peut-être qu'il s'agissait du compagnon de Yahya. Il ne dit pas un mot de toute la soirée et avait presque l'air d'un garde du corps ! Nouri parla peu pendant la réception, mais alors qu'il s'apprêtait à partir, je le vis s'approcher de Yune et lui serrer la main.

« Yune, viens me voir. Demain soir, ce serait bien. Sarmad t'indiquera comment venir chez moi. »

« Tu viendras, n'est-ce pas ? »

« Oui, oui » répondit Yune comme hypnotisé.

Plus tard, j'ai demandé à Mizan comment il s'y était pris pour convaincre Nouri de venir chez les Bukhari, et quel rôle il avait joué auprès de lui.

« Je lui ai dit qui j'étais. »

« Comment ça, tu lui as dit qui tu étais ? »

« Juste comme ça. Je suis allé le trouver et, au moment même où je m'asseyais auprès de lui, il m'a dit que j'étais un ange. »

« Quoi ? »

« Il a tout de suite compris qui j'étais. »

« Et que lui as-tu dit ? »

« Eh bien, j'ai compris que c'était un homme de Dieu doué d'une puissante intuition spirituelle, et qu'il valait mieux ne pas lui cacher la vérité. Alors je lui ai dit que oui, j'étais un ange. Et qu'on m'avait envoyé pour lui demander d'accepter l'invitation pour pouvoir être présenté à un jeune homme appelé Yune. »

« Tu lui as dit tout ça ? »

« Oui, et je lui ai même dit qu'il était chargé d'instruire Yune pendant deux années. »

« Je ne sais pas trop comment réagir. Si un autre que toi avait agi de la sorte, je serais très inquiet. Mais comment pourrais-je t'accuser de ne pas être avisé ? »

« Tu as raison. Ce ne serait pas avisé. »

Je souris et je retournai dans ma caverne. Risha m'attendait.

« Tu as l'air content. »

« Je le suis. »

« Mais très... éprouvé. Je n'arrête pas de penser à dimanche et à ce que Yahya Nouri va transmettre à Yune. »

« Arrête de t'inquiéter », dit-elle en me faisant signe de m'asseoir près d'elle. Alors, et pour la première fois, elle mit ma tête sur ses genoux et me caressa les cheveux. »

« Arrête de t'inquiéter, tout ira parfaitement bien, je te le promets. »

Il était six heures du soir, lorsque Yune frappa à la porte de Yahya Nouri. Nouri était marié, mais il n'avait pas d'enfants ni de domestiques. Sa femme ouvrit la porte. Elle portait des vêtements de prière blancs ; elle avait une voix puissante, et disait « Le Maître » en parlant de son mari.

« Le Maître va vous recevoir dans une minute, » dit-elle en conduisant Yune dans la salle des invités. Cette salle me rappelait ma salle de lecture préférée à Seattle. Une centaine de fois plus petite, bien sûr. Mais elle possédait deux belles arches, et le mur face au sud, qui séparait la pièce du balcon, était entièrement fait de bois sculpté de Damas et de verre coloré.

Yune s'assit sur un canapé et fixa le sol comme s'il se demandait pourquoi on l'avait invité là et pourquoi donc il avait si facilement accepté l'invitation.

« Parce ce que tu dois apprendre à tourner, » proclama Nouri en entrant dans la pièce.

« Tourner ? »

« Oui, voyons si ton cœur sait danser. » Nouri ôta son manteau noir, mettant à jour une magnifique tunique blanche. Avec le pied gauche comme pilier servant de contrepoids, son pied droit se mit à faire un lent mouvement circulaire. Levant les mains en l'air, il pencha la tête à droite. Nouri était en train d'exécuter une version lente de la danse qui faisait la célébrité de l'ordre des Mevlevi. « N'hésite pas, » dit Nouri et, sans hésiter, Yune se leva, observa les mouvements de Nouri pendant quelques secondes, comme pour tenter d'en comprendre les pas essentiels, puis se mit à tourner, en faisant attention de ne pas envahir l'espace de Nouri. Des rayons de diverses couleurs tombaient sur les deux silhouettes en mouvement, et pour la première fois depuis des années, je sentis que Yune souriait de l'intérieur.

Leçons, décembre 1996 – décembre 1998

Contre toute attente, au cours de la première visite de Yune, Nouri ne lui donna aucune leçon de religion comme Yune le craignait. Mais pour sa deuxième visite, Yune apporta un carnet neuf, un grand carnet vert semblable à ceux que Maryam lui avait jadis donnés, en espérant vraiment que Nouri lui parle de sa voie spirituelle ; et c'est ce que fit Nouri. Ses paroles débarrassèrent Yune de tous les complexes qu'il éprouvait envers sa religion. Ainsi, son expérience de la prière, avec les ablutions rituelles qui la précédaient, passèrent du domaine de l'obsession compulsive au domaine d'un mysticisme serein. Sa gêne vis-à-vis du rituel réglementaire fut remplacée par un effort d'en saisir la logique subtile et le symbolisme. C'était là toute la magie des paroles de Nouri. Elles avaient pour but d'approfondir l'expérience de la foi, et elles y parvenaient même lorsque le lecteur était juif, chrétien, bouddhiste ou hindou, comme Yune put s'en apercevoir plus tard.

Tout ce que Nouri voulait transmettre, il le faisait à travers une forme de prose poétique riche en métaphores qui nous captivait, Yune et moi-même, sans que nous soyons sûrs d'avoir compris tout ce qu'elle impliquait. Yune rentrait alors chez lui et réorganisait ses notes, en établissant parfois des connexions qu'il n'avait pas perçues en l'écoutant. Yune composa ainsi un manifeste spirituel fascinant, bref et concis, et pourtant saisissant de conséquences. Il lui donna même un titre, comme s'il savait déjà qu'il serait publié. Yune veilla à ce que rien n'y soit inclus qui ne puisse avoir l'approbation de Nouri. Il était loin de se douter qu'un temps viendrait où de nombreux familiers de Nouri nieraient farouchement que celui-ci ait pu proférer de telles paroles.

2

L'Evangile de Damas

Un Manuel de Foi pour la Fin des Temps

Les paroles de Yahya Nouri

(Recueillies par Yunus Bukhari)

Une sensibilité du cœur à un monothéisme sans compromis apparaîtra pendant le troisième millénaire, comme le lien spirituel de l'ensemble de la communauté des croyants. Elle attestera d'une invitation pour chaque membre de la race humaine à entretenir une relation personnelle directe avec Dieu qui créa l'univers tout entier à partir de rien ! Cette invitation n'entraînera pas un rejet des découvertes scientifiques ni celui des principes universels des droits de l'homme.

Une relation directe avec le Créateur des millions de galaxies et de tout ce qu'elles contiennent. Du flocon de neige à la supernova. Qu'est-ce que le cœur humain d'un seul individu face à une telle splendeur ? Pourtant, il sera invité à entretenir une relation directe avec Dieu qui est tout à la fois absolument transcendant et dans une immanence totale. Il faut croire que nous sommes des êtres particuliers pour recevoir une telle invitation.

Pendant des milliers d'années, la grande majorité des êtres humains n'a eu de relation à Dieu que par l'intermédiaire de sculptures, d'images ou même de gens, vertueux ou non. Plus tard, ils ont eu besoin de la mythologie grecque pour les aider à appréhender l'idée d'un monothéisme pur. Cette invitation suppose que rien de cela n'est nécessaire – surtout maintenant. Cela implique que nos cœurs, aussi insignifiants soient-ils, possèdent la capacité de faire l'expérience de la Majesté de

Dieu : « Le ciel et les planètes n'ont pas réussi à contenir Ma Majesté et pourtant, le cœur de mon serviteur croyant a réussi là où ils avaient échoué. »

Fuyez auprès de Dieu, fuyez tout ce qui est faux
(Le Coran 51, 50)

Il y a environ 1418 ans, notre Prophète et ses compagnons ont entrepris une *hijrah* – un exode. Ils ont quitté leurs foyers de la Mecque pour se rendre à Médine. Abraham commença son voyage spirituel par un exode. Moïse et les enfants d'Israël aussi entreprirent un exode. C'est en Egypte que les germes de leur foi furent plantés. C'est en Terre promise que l'arbre a fleuri. Parfois, ces exodes impliquent la traversée d'une distance physique, mais ils impliquent toujours la traversée d'une distance spirituelle.

Alors, posez-vous la question, où êtes-vous à présent ? Votre cœur a-t-il pris le départ ? Etes-vous encore à la Mecque ? Etes-vous arrivé à Médine ? Ou bien êtes-vous peut-être quelque part entre les deux ? Il vous faut un manuel pour votre exode – un manuel qui fera sortir l'enfant qui est en vous des caves de votre monde.

D'abord, vous devez savoir ce qu'il faudra laisser derrière vous. En fait, c'est une équation très simple : tous ceux et tout ce qui refuse de venir avec vous. Ensuite, vous devez décider de ce que vous allez emporter. Au fil des temps, les experts de l'exode se sont rendu compte qu'il était impossible de partir sans compagnon pour vous tenir la main, et un guide pour fortifier votre cœur. Vous pouvez emporter certains objets : des cartes, une boussole, et une montre, mais, en fin de compte, vous découvrirez qu'ils sont inutiles, et même encombrants.

Le plus important, cependant, est de savoir pourquoi vous êtes partis. Les gens partent pour différentes raisons. Certains partent dans l'espoir de faire fortune, de gagner du pouvoir ou un rang social. Certains partent pour une belle femme ou un homme séduisant. Certains ont d'autres objectifs plus subtils. Ils sont peut-être attirés par la représentation glorieuse d'une idée. Ils veulent peut-être qu'on les considère comme faisant partie d'un projet glorieux. Ou alors, ils suivent peut-être tout simplement quelqu'un qui veut prendre ce chemin. Chacun est autorisé à partir. Mais après un jour, un mois, une année de voyage, parfois même des dizaines d'années plus tard, le but même du voyage, l'intention cachée devient soudain un immense mur qui se dresse sur leur route. Voyez l'ironie ! La seule façon de continuer la route, c'est de se débarrasser de l'objectif même du voyage. Certains reviennent sur leurs pas. Certains passent le reste de leur vie à tenter de franchir le mur. Ils n'y arrivent pas. On ne peut pas franchir ce mur ! Pourtant, il peut disparaître, mais seulement si l'on rejette cette forme d'objectif. Car voyez-vous, seul un type d'objectif ou d'intention est autorisé sur ce chemin : l'amour. L'amour de quoi ? Cela n'a pas d'importance. L'amour vrai, sincère n'a qu'une source, et il conduit toujours au même endroit. Aimez ce que bon vous semble, mais restez fidèle à cet amour. Cette expérience de l'amour vous conduira à l'amour de Dieu. Plus vous serez fidèle, plus vite il vous emmènera vers le Seul digne d'un amour aussi intense et aussi absolu. Avez-vous fait l'expérience de cet amour-là ?

Pour qu'un être devienne amoureux dans son cœur, il faut d'abord qu'il en ait un. Le Coran dit : « Ceci est un rappel pour celui qui a un cœur. » Tout le monde naît avec le cœur qui pompe le sang. Son activité est constante, involontaire et indispensable. On ne naît pas avec le cœur qui pompe l'amour de manière constante, involontaire et indispensable ; c'est un don qui naît dans des conditions particulières.

Mon cœur est né lorsque j'avais environ douze ans. Je rentrais chez moi lorsque j'aperçus des garçons de mon âge qui harcelaient un chaton. Ils essayaient de le piéger dans un coin. Je n'étais pas de ceux qui font peur aux autres. Je n'avais ni la corpulence ni le caractère pour ça. Mais, en les approchant, je me suis simplement mis à crier. J'ai crié jusqu'à ce qu'ils s'enfuient. Je me demande encore comment ma voix a pu avoir un tel effet sur eux. Ensuite, il a fallu s'occuper du chaton. Mon premier réflexe était de l'emmener chez moi, loin des dangers de la rue. Mais, il m'est venu à l'esprit qu'il était si jeune. J'avais entendu ma mère dire qu'un chaton nouveau-né ne pouvait pas survivre sans sa mère. Je ne savais pas quoi faire. Si je le laissais, les garçons risquaient de revenir le harceler, et si je l'emmenais à la maison, il ne survivrait peut-être pas parce que je l'avais enlevé à sa mère. Finalement, j'ai décidé de rester assis là en attendant que sa mère revienne. J'ai attendu quatre heures. J'avais faim et j'étais fatigué. J'allais abandonner lorsque j'ai vu le chaton se précipiter vers un autre chat. C'était sa mère, et mon devoir était accompli. De retour à la maison, je me suis fait disputer, et on m'envoya me coucher sans manger parce que j'avais disparu comme ça. Mais je ressentais quelque chose de doux dans mon cœur, et je me suis endormi en souriant.

Des années plus tard, j'ai raconté cette histoire à mon maître. Il m'a dit qu'il fallait à peu près quatre heures pour que naisse un cœur.

Quatre heures de sollicitude et de compassion pour quelque chose qui n'a absolument aucun sens pour personne, ni même pour soi-même.

Et souviens-toi du Nom de ton Seigneur et
Consacre-toi totalement à Lui.

(Le Coran 73, 8)

Une fois que le cœur est né, il faut qu'il respire ; sinon, il suffoquera dans l'obscurité de votre propre négligence. Le Coran dit : « Ce ne sont pas les yeux qui deviennent aveugles, mais plutôt les cœurs… » Seul le *zikr*, cette méditation spirituelle qui a pour objectif la communication directe avec Dieu, apprendra à votre cœur à respirer.

Vous vous souvenez comment Moïse fut choisi ? Moïse cherchait du feu pour garder sa famille au chaud, et à la place, il trouva un buisson-ardent qui baignait la terre de lumière. Je ne cherchais pas le *zikr* lorsque je l'ai trouvé. Il m'a semblé que c'est lui qui me cherchait. Mon oncle m'avait envoyé chercher un ramoneur de cheminée. C'était à la fin de l'automne, et on commençait à ressentir le froid dans la maison. Mais la cheminée était si pleine de suie qu'il aurait été risqué d'essayer d'allumer un feu. Lorsque j'arrivai enfin à la boutique d'un ramoneur connu de Damas, tout en haut du mont Qasyun, je la trouvais fermée. Un homme qui se tenait tout près me dit que je pourrais trouver le ramoneur à la mosquée, un peu plus haut sur la montagne. Je me dirigeai donc vers la mosquée. Je ne savais pas à quoi ressemblait cet homme, et j'étais trop embarrassé pour demander à quelqu'un dans la mosquée, car tous semblaient absorbés dans leurs prières. Je me suis assis dans un coin de la mosquée, épuisé et déçu. C'est alors que j'ai entendu un homme dire : « Viens t'asseoir près de moi. » C'était un homme âgé, avec un turban blanc sur la tête. Il me fit signe de lui prendre la main. Puis il dit : « Ferme les yeux, prends une bonne respiration et observe ton cœur répéter, sans bouger tes lèvres :

Dieu est avec moi

Il m'observe

Il me voit

Dieu est avec moi

Il m'observe

Il me voit. »

Je l'ai fait. Puis, il m'a dit : « Vois-tu le Nom de Dieu gravé dans ton cœur d'une lumière blanche ? »

J'ai regardé à l'intérieur de moi, mais je ne voyais que l'obscurité. J'avais l'impression de me tenir sur le toit et de regarder dans la cheminée sombre. Je voulais ouvrir les yeux et lâcher sa main. Mais il serra ma main plus fortement et me demanda de prendre une respiration plus grande et de me concentrer plus cette fois-ci. Soudain, je vis quelque chose d'imprécis et pâle, néanmoins, je vis quelque chose qui ressemblait à une flamme blanche et qui prenait l'aspect d'un mot. Était-ce le nom du Dieu unique ? Etait-ce en lettres arabes ? Etait-ce Allah ? Je m'efforçais encore de me concentrer sur cette image lorsque le vieil homme dit : « Ne te laisse pas consumer par le mot. Transporte-toi du nom vers ce à quoi il fait référence ; accepte de contempler cette majesté. » Il dit cela et je ressentis comme un choc électrique. Il lâcha ma main et dit doucement avec un sourire réconfortant : « Quand tu seras couché dans ton lit, observe ton cœur répéter les mots que je t'ai appris jusqu'à ce que tu t'endormes. A présent, mon fils, tu peux revenir au ramonage. L'homme que tu cherches se tient près de la fenêtre. » Soixante ans se sont écoulés depuis ce jour-là, et je ne me suis jamais endormi sans être dans l'état de zikr, comme mon maître me l'avait enseigné.

Ainsi il acquit force et équilibre.

Se tenant au plus haut point de l'horizon.

Puis il avança et s'approcha.

Jusqu'à une distance de deux portées d'arc ou moins encore.

Alors il révéla à son serviteur ce qu'il lui révéla.

Le cœur ne ment pas sur ce qu'il a vu.

(Le Coran, 53, 6-11)

On ne peut prendre ce chemin que si le cœur sait écouter la voix divine. Pour certains, le Coran est un livre de loi. Pour d'autres, c'est un livre de théologie. Et pour d'autres encore, c'est un manuel pour la lutte entre les forces de la lumière et celles des ténèbres. Mais pour ceux qui marchent sur notre chemin fragile, le Coran est le récit de ses moments sacrés où la voix divine a parlé par le biais d'un cœur humain.

D'abord, il faut comprendre ce que cela signifie sur le plan spirituel. Un jour, j'ai demandé à mon maître comment il se fait que le Coran utilise d'abord le pronom de la troisième personne, « Il », puis le change en « Nous », « Je », et même « Moi », pour peut-être ensuite revenir à « Il » ? Mon maître resta silencieux pendant quelques secondes, comme pour décider si j'étais spirituellement mûr pour entendre la réponse. Puis il dit :

« Lorsque ton cœur entre en communication avec les versets du Coran, il devient hautement réceptif. En conséquence « Il » est invoqué pour établir une distance. « Nous » te rapproche, mais reste royal et formel. Alors le « Je » apparaît et fait trembler le sol sous tes pieds, pour faire place au « Moi » qui te fait complètement fondre : *Si mes serviteurs, ô Prophète, te posent des questions sur Moi, dis-leur que Je suis vraiment tout près...*

Mais le « Je » et le « Moi » sont trop intenses pour que nos cœurs fragiles les supportent longtemps, alors les versets reviennent aux « Nous » et « Il », moins directs. Si ton cœur est vraiment en contact avec la voix du Coran, le « Je » peut te faire trembler comme lorsque tu as goûté l'amour pour la première fois, mais de manière encore plus exquise. »

Il y a beaucoup d'autres façons de goûter aux implications spirituelles de la voix divine parlant à travers un cœur humain. Le Coran raconte l'histoire de Marie, la mère de Jésus. C'est un récit intense et magnifique. Au cœur de l'histoire, on tombe sur un verset en apparence inexplicable : « Et tu n'étais pas avec eux lorsqu'ils ont tiré au sort pour savoir à qui Marie serait confiée. » Nous savons que le Prophète n'était pas avec eux. Le Prophète lui-même sait qu'il n'était pas avec eux. Pourquoi alors ce verset apparaît-il soudainement ? On retrouve ce même verset en plein cœur de l'histoire de Joseph, et trois fois dans celle de Moïse.

Mais le mystère s'éclaircit lorsque ton cœur se met à écouter. Ce verset apparaît, car la voix divine a exalté le Prophète à un tel niveau de transparence qu'il peut à présent clairement voir les événements qui lui sont révélés. C'est comme s'il se tenait près de Zacharie, le père de Jean Baptiste, lorsqu'il prend Marie par la main et la conduit au Temple. C'est comme s'il marchait aux côtés de Moïse lorsqu'il entre dans la cité de Madian. C'est comme s'il se tenait auprès des frères de Joseph lorsqu'ils conspirent contre lui. Mais la voix divine interrompt soudain le récit et proclame : « Et tu n'étais pas avec eux... » C'est presque comme si on ramenait doucement le Prophète du lieu où les yeux du cœur l'avaient emmené. Puis, l'ayant empêché de monter trop haut pour le protéger, la voix divine reprend son récit.

Rien de tout ceci ne peut être compris par la seule lecture du texte. Il faut permettre au cœur de ressentir les mots.

Une fois que l'on est capable de ressentir la voix coranique, le vrai message et l'intention derrière les versets du Coran se révèlent.

Parfois votre mère peste contre vous. Elle essaie de vous calmer. Elle peut être dure ou gentille. Elle établit des règles, et peut parfois décider de ne pas les appliquer. Si un étranger l'entendait, il est fort probable qu'il se tromperait complètement sur son compte. Mais pas vous. Vous n'avez besoin de personne pour vous apprendre à entendre exactement votre mère. Vous n'en avez pas besoin parce que votre cœur est au même diapason que le sien. Elle peut vous menacer, mais vous savez qu'en réalité elle veut simplement que vous vous comportiez convenablement. Ce qu'elle vous conduit à faire lorsque vous êtes enfant peut changer complètement lorsque vous avez atteint l'âge adulte. Quand vous êtes sur le point de tomber, il se peut qu'elle vous tire si fort par le bras que vous aurez mal pendant des jours ; mais vous savez, au fond de vous-même, qu'elle ne faisait que vous protéger. Nous comprenons et nous ressentons tout cela avec notre mère. Mais le Dieu qui nous a créés nous aime infiniment plus que notre mère ne saurait jamais le faire. Comment pouvons-nous alors si facilement soustraire du contexte de l'amour les paroles que Dieu nous adresse ?

Le Coran est le récit de ce que Dieu nous a fait par l'entremise du cœur du Prophète, non seulement dans diverses circonstances, mais aussi aux différentes étapes de notre évolution spirituelle. Pourtant, des savants viennent nous dire : « Voici ce que le Coran dit, et voici les lois qu'il édicte. » Mais tout cela, comme tous les livres de théologie et de loi, est fondé sur *la lecture* du Coran avec les yeux et l'esprit, et non pas sur *l'écoute* avec le cœur. Le Coran nous enseigne que c'est dans le cœur que se produit la véritable compréhension : « Ou bien ont-ils un cœur avec lequel ils peuvent comprendre les choses ? » Si nos savants écoutaient vraiment, une grande partie de ce qu'ils ont consigné dans leurs livres devrait être revue. Si nos savants écoutaient vraiment, une réforme spectaculaire commencerait. Fermez les yeux aujourd'hui, et commencez à écouter avec le cœur.

Ô mes serviteurs qui avez beaucoup péché. Ne désespérez pas de la miséricorde de Dieu. En vérité, Dieu pardonne tous les péchés. Il est Celui qui pardonne Le Miséricordieux.

(Le Coran, 39, 53)

Beaucoup plus profondes que tous ces livres de théologie et de loi, voici deux histoires que notre Prophète a partagées avec nous. Elles résument notre chemin tout entier. L'une est à propos d'un chat, l'autre à propos d'un chien ! Une femme qui s'habillait avec décence, priait et jeûnait ne fut pas invitée à entrer dans la félicité du Paradis. Pourquoi ?

Parce qu'elle avait négligé de s'occuper convenablement d'un chat qui vivait chez elle, si bien qu'il mourut de faim et de soif. Le chat mourut, et ainsi la valeur spirituelle de cette femme mourut elle aussi aux yeux de Dieu. Sa décence, ses prières et son jeûne furent vains ! Une autre femme vendit son corps pour de l'argent. Elle ne fit pas cela par passion ou par amour. Non, elle vendit son corps pour quelques pièces d'argent. Un jour, alors qu'elle voyageait, elle trouva un puits et voulut aller chercher de l'eau. Elle remarqua soudain un chien assoiffé et, tout en allant chercher de l'eau pour elle-même, elle en apporta au chien jusqu'à ce que sa soif fût étanchée. Cette femme fut invitée à entrer dans la félicité du Paradis. Elle ne cherchait même pas le pardon. Pourtant, elle fut pardonnée, et elle devint quelqu'un de particulier aux yeux de Dieu.

Le péché nous rend humbles. Il rend humble notre cœur. Mais si nous nous entêtons et si nous allons trop loin, il peut aussi nous consumer. La science explique à présent la plupart des choses dont les lois religieuses nous demandent de nous abstenir. Tout ce qui est médicalement attesté comme étant nuisible à notre corps ne devrait pas faire partie de notre vie. Mais ces péchés ne sont rien, moins que rien, au regard des péchés que nous commettons les uns envers les autres. Le péché qui consiste à maltraiter un chat, ou pire, un être humain, peut vous empêcher à jamais de contempler la majesté de Dieu.

Et à partir de l'eau, Nous avons créé toute chose vivante.

(Le Coran, 21, 30)

Une fois le cœur rendu humble par le péché, il deviendra comme l'eau, cherchant toujours à disparaître dans les profondeurs de la terre. L'eau peut nous apprendre tant de choses ! Il faut être aussi souple que l'eau. Voyez comme elle prend la forme des différents objets dans lesquels on la verse, sans que le processus ne change sa véritable nature. Soyez aussi persévérant que l'eau. Voyez comme elle tombe sur un rocher, siècle après siècle pour finir par le réduire à l'état de sable. Soyez aussi avisé que l'eau. Voyez comme elle s'évapore lorsqu'il fait chaud, et comme elle retourne à la terre sous forme de pluie lorsqu'il fait plus frais. Soyez aussi enveloppant que l'eau. Voyez comme elle tombe du ciel sur les masures des pauvres aussi bien que sur les châteaux des riches. Soyez aussi aimant que l'eau. Voyez comme sa rosée embrasse l'herbe à l'aube. Lorsque vous serez devenu comme l'eau, tout ce qui entrera en contact avec vous prendra vie.

Dis : tous attendent que les événements auxquels ils croient se produisent

(Le Coran, 6, 158)

Notre Prophète a parlé de la fin des temps. Il a décrit des signes mineurs et des signes majeurs. Tous les signes mineurs se sont produits. Nous sommes à présent au début de la phase finale. La phase finale peut durer des années, elle peut durer des siècles. Dieu seul sait combien de temps elle va durer. Mais aujourd'hui, nous en sommes au commencement. Beaucoup s'en rendent compte. Ils brûlent d'impatience. Mais qu'attendent-ils ? La victoire ? La justice ? Un monde meilleur ? On peut connaître beaucoup de choses d'une personne si l'on sait exactement ce qu'elle attend.

Vivre à la fin des temps, c'est vivre dans l'âge du Christ. C'est vivre dans l'attente de son retour. Le retour du Christ est la chose la plus importante parmi les signes majeurs. Elle conduira à la fin de la guerre et à l'apogée de notre civilisation humaine. Un âge où nous deviendrons tout ce que nous sommes censés devenir. Notre Prophète dit : « Si l'un d'entre vous est encore en vie lors du retour du Christ, le fils de Marie, dites-lui : Notre Prophète te salue dans la paix. »

Mais la Terre doit être préparée à cet événement. Il y a tant à faire. Des changements importants doivent se produire chez les gens, dans leur manière de penser et de ressentir. Tous ces changements seront pris en charge. Les forces qui conduiront à ces changements sont à l'œuvre depuis longtemps. Pourtant, d'importantes tâches restent à accomplir. Tout comme à l'âge du Christ, notre monde d'aujourd'hui est dominé par un Empire romain, un nouvel empire romain. Un empire qui respecte les hommes, leurs libertés et leurs droits intrinsèques, oui. Mais aussi un empire qui ne respecte pas le sacré, spirituellement appauvri, et qui a perdu de vue son objectif. Et tout comme à l'âge du Christ, cet empire est habité par quatre groupes principaux, chacun ayant sa propre attente.

En premier, il y a ceux qui se préparent pour une bataille finale. Ils attendent une victoire militaire contre ce nouvel Empire romain. Ils viennent de religions différentes, mais ils sont unis dans leur but, dans cette haine. Pourtant, l'âge du Christ parle de vie, pas de mort. Il y aura une victoire, mais elle ne sera pas militaire. Le fils d'Adam dit un jour à son frère, « si tu lèves la main pour me frapper, je ne lèverai pas la main en retour pour te frapper. Je crains Dieu, le Seigneur des Mondes. » Nous sommes finalement prêts à comprendre ces mots, à rejeter la violence. Il a fallu le développement des armes nucléaires pour que nous comprenions enfin que l'âge de la violence doit prendre fin, sinon nous finirons avec lui.

Le deuxième groupe est celui des protecteurs de la loi d'un autre âge, qui attendent que vienne le temps où les lois religieuses auxquelles ils ont consacré toute leur vie seront adoptées par un État qui les appliquera entièrement. Ils attendent une victoire légale. Mais la plupart des lois qu'ils ont défendues n'ont plus de rapport avec leur intention première. Et pendant que ces savants discutent encore de questions légales qui n'ont plus rien à voir avec notre vie d'aujourd'hui, nous perdons des générations entières de croyants au profit du matérialisme.

Ceux qui ont été perdus forment le troisième groupe. C'est le groupe le plus nombreux. Des millions et des millions de gens ont été perdus au profit du matérialisme. Ils attendent ; en fait, ils font tout pour devenir un jour citoyens à part entière du nouvel Empire romain.

Puis, nous avons le quatrième groupe, le groupe qui englobe ceux qui attendent le maître vertueux qui sortira ce monde des ténèbres – ceux qui attendent le Christ. C'est vrai, le nouvel Empire romain sortira vainqueur de tous ses ennemis. Mais il sera conquis par les nouveaux disciples du Christ, tout comme ses premiers disciples ont infiltré de lumière le premier empire. Dans ce groupe se trouvent quelques élus qui joueront un rôle particulier quand le Christ reviendra, et qui seront présents à Damas pour l'accueillir. Voilà la tâche qui reste à accomplir !

L'Evangile de Damas

Jésus, le fils de Marie, descendra sur la tour Blanche, à l'est de Damas.

Il sera porté par deux anges, ses mains se tenant à leurs ailes.

Lorsqu'il lèvera la tête,

des gouttes d'eau tomberont comme des perles dispersées.

(Tradition prophétique)

Parmi les disciples de notre Prophète, il y aura les successeurs des disciples du Christ. Mais ces disciples doivent être identifiés, leur cœur saisi, et leur vie se transformer en une intense expérience d'attente. Si j'étais jeune, j'irais à leur recherche. Et lorsque le Christ descendra sur la tour Blanche, à l'est de Damas, lorsqu'il arrivera enveloppé de lumière, je voudrais être là pour embrasser sa main et murmurer : « Ô Prince de notre temps, le sceau de tous les prophètes t'envoie sa paix. »

Dieu était satisfait des compagnons qui te prêtaient serment sous l'arbre...

(Le Coran, 48-18)

Un pacte de foi unit les membres de ce quatrième groupe. C'est un pacte qui, non seulement taille et polit le diamant, mais il est aussi le coffre scellé qui le portera jusqu'à la Fin des Temps :

> *Nous défendrons et nous respecterons l'unicité et la majesté transcendante de Dieu et nous ouvrirons notre cœur pour ressentir la présence et l'amour de Dieu. Nous donnerons sans relâche et de manière désintéressée pour recevoir de vrais cœurs.*
>
> *Nous nous détournerons des voies du matérialisme et Nous le ferons par amour.*
>
> *Nous apprendrons à nos cœurs à respirer avant de nous endormir.*
>
> *Nous écouterons avec nos cœurs les paroles de nos livres sacrés.*
>
> *Nous serons rendus humbles, et non consumés par le péché. Nous incarnerons les vertus de l'eau et nous cher-*

cherons à donner la vie à tous ceux qui croisent notre chemin.

Et nous maîtriserons l'art de l'attente patiente et sereine de la venue du Prince de notre temps, le Christ.

3

Au début du mois de décembre 1998, Nouri mourut. Après les funérailles, Yune rentra chez lui et s'installa sur son canapé préféré en face d'une grande fenêtre avec vue sur Darayya, une ville à l'ouest de Damas. Il ne dit rien et resta plus ou moins rivé à son canapé pendant trois jours entiers. Amanda se demanda si elle ne devait pas consulter un médecin. C'est alors qu'il se doucha longuement, s'habilla, et se rendit au bureau.

C'est la leçon de Nouri sur l'attente du Christ qui convainquit Yune qu'il avait un rôle à jouer pour préparer le monde à sa deuxième venue. Mes compagnons du mont Hermon et moi-même étions d'accord, et nous comprîmes enfin pourquoi cette personne qui avait occupé notre temps pendant ces trente-deux dernières années était si importante. Il avait un rôle à jouer dans la tâche qui « restait à accomplir », et qui consistait à identifier les successeurs des disciples du Christ qui seraient présents pour l'accueillir lorsqu'il reviendrait. Soudain, Yune et nous, les Gardiens du Dessein, étions inscrits sur la même page.

VI. Préparez la Voie du Seigneur

1

Onze seront découverts errant dans l'ombre.

Douze seront présents lorsque Damas sortira des décombres. Asa, Rahma et Risha – 12 années

« On dirait un code numérique ! »

« Quoi qu'il en soit, je suis de retour grâce au sixième cylindre. »

« Oui. Mais pourquoi Rahma et Asa ? »

« Asa pour conférer de l'autorité à Yune, Rahma pour lui donner le pouvoir d'attirer les cœurs, et moi, celui de faire rire. »

« Fascinante combinaison. Et pour servir à quoi ? »

« Ça, c'est à mon intelligent Raqeem de le découvrir. Tant que je suis de nouveau en contact avec Yune, je suis sur un petit nuage. »

« Un nuage ? »

« Oui, un nuage, c'est une expression utilisée par les humains », dit Risha en montrant le ciel et en remuant la tête de haut en bas comme un enfant pour confirmer une idée.

« Mets ton nuage de côté pendant un instant, Risha, et aide-moi avec ces chiffres. D'abord onze, puis douze ? »

« Ecoute, ça a certainement quelque chose à voir avec ce que disait Nouri sur l'identification des disciples du Christ. »

« Donc, Yune va se mettre à leur recherche et en identifier onze, en se servant de son autorité, de l'amour et de la séduction pour faciliter sa tâche. Il en identifie onze et une fois qu'il les a réunis, ils deviennent... »

« Douze ! Mais où va-t-il les trouver ? »

« Là où il passe plus de huit heures par jour. »

« L'UNESCO ? »

« Où à part là, Risha ? Il ne connaît pratiquement personne dans cette ville. Il est soit chez lui, soit au travail ! »

« Bien. Donc ton travail consiste à faire entrer Asa et Rahma à l'UNESCO d'une manière ou d'une autre. »

« Et toi ? »

« Ne t'inquiète pas pour moi. J'y trouverai un travail avant demain. »

En mars 1999, tous les trois avaient obtenu un poste important à l'UNESCO. Asa et Rahma en tant que consultants particuliers. Asa devait préparer un rapport sur l'éducation secondaire, et Rahma un rapport sur l'émancipation des femmes en Syrie. Chacune devait se rendre souvent au bureau pour des rapports d'étape et pour utiliser la petite bibliothèque à l'étage supérieur. Mais le véritable rapport qu'Asa et Rahma devait établir était une généalogie spirituelle et une biographie émotionnelle de chaque homme et femme, employés ou consultants, qui travaillait avec Yune à l'UNESCO, ou qui s'y rendait pour une simple visite. Ce n'est pas que je ne faisais pas confiance à Yune pour choisir les bons disciples, mais mon mandat consistait à m'assurer de la justesse de ses choix, et les rapports d'Asa et de Rahma m'aideraient à le confirmer. Quant à Risha, c'était la nouvelle réceptionniste. Personne n'entrait ou ne sortait du bureau, personne ne donnait ou ne recevait de coup de téléphone sans passer par Risha. Pendant les neuf mois qui suivirent, de mars à décembre 1999, Yune se donna entièrement à sa tâche, comme tous mes compagnons du mont Hermon purent en témoigner. L'exécution de cette tâche, certes améliorée par la présence d'Asa, Rahma et Risha, fut constamment passionnante et souvent époustouflante.

Si on avait demandé à Yune quelle était la principale caractéristique des disciples qu'il recherchait, il aurait répondu, « Ils doivent être des enfants ! » Plusieurs des poèmes qu'il a écrits développent cette métaphore :

Vous savez que vous êtes devenus un enfant

Lorsque votre cœur est plein

Et que vos mains sont vides.

Les enfants habitent les coins oubliés de ce monde.

Vous les trouverez dans les temples en ruine, dans les églises et les mosquées.

Eprouvés, soumis, leurs paupières soudées.

Se cachant dans l'ombre du soleil.

Sous la glace du nord, là vous les trouverez.

Célébrant leur vacuité.

Pressés de confesser leurs faiblesses.

Leur chemin se confondant en un seul.

C'était une chambre.

Comme celles que l'on voit dans les hôpitaux.

Proche des couloirs

Menant aux sirènes des soins intensifs.

C'était une chambre.

Comme celles que l'on voit dans les pyramides.

A l'abri de la lumière, pourtant profanée par tous.

Parée des hymnes d'une foi antique.

Enterrée sous les dunes de sable au zénith.

C'était une chambre.

Et c'était un cœur d'enfant.

Dans sa tentative d'identifier ces enfants, Yune devait vite se rendre compte qu'il ne s'agissait pas pour lui de les préparer. En fait, il lui fallait les découvrir. Chacun d'entre eux avait déjà été choisi et, au fil du temps, sculpté, poli, et purifié. La différence essentielle entre eux et Yune se trouvait dans le fait qu'ils étaient des disciples sans le savoir, sans savoir non seulement qui ils étaient, mais aussi ce qu'ils étaient supposés accomplir. La tâche de Yune était de découvrir ce qui existait déjà ; quel que soit son charme, il n'aurait pas pu faire apparaître ce qui n'existait pas. Yune comprit cela non pas comme un concept théorique auquel il aurait réfléchi, mais plutôt par une pénible expérience personnelle.

Car pendant cette même période, Maya, la Maya de son adolescence au Koweït, réapparut soudain dans sa vie sans crier gare. Ce fut par un coup de fil inopiné qui interrompit le cours d'une journée par ailleurs insignifiante de mars. Elle voulait simplement lui dire bonjour, dit-elle. Elle avait rencontré sa mère la veille, et s'était procuré le numéro de téléphone de son bureau. A présent, elle vivait à Beyrouth et travaillait pour une sorte de boîte de graphisme. Son intention était peut-être simplement de lui dire bonjour, mais Yune vit dans son coup de téléphone un signe du hasard. C'est elle qui allait être le premier successeur des disciples du Christ. Quatre semaines plus tard, après avoir traversé la frontière libano-syrienne de nombreuses fois, après de nombreuses soirées dans les repaires des artistes de Beyrouth, sans parler des conversations téléphoniques qui duraient des heures et des heures, après tout cela, Yune put pleinement ressentir les paroles qui furent un jour révélées au Prophète de l'islam alors qu'il s'empressait de convertir son oncle au monothéisme : « On ne guide pas ceux qu'on aime. En vérité, c'est Dieu qui guide qui bon lui plaît. »

De façon ironique, Maya résista à l'invitation de Yune, mais elle ne résista pas à Yune ; ce qui fit que Yune eut encore plus de difficulté à comprendre ce qui se passait vraiment. En quelques jours, Maya était prête à tout laisser tomber pour être avec Yune, lui qui l'avait abandonnée quatorze ans auparavant. Elle parlait de partir en Norvège, d'un nouveau départ pour tous les deux, d'une phase thérapeutique dans les régions sauvages de Norvège, mais dès qu'il se mettait à parler du Christ et de sa seconde venue, elle souriait et détournait son regard, « Tu es vraiment revenu dans ma vie pour me parler de Jésus ? »

Une autre complication venait du fait que Maya possédait toutes les merveilleuses caractéristiques que l'on associe naturellement à la spiritualité : profondeur, bonté, et une sensibilité poétique. « Comment amener une personne à l'âme spirituelle à la spiritualité ? » se demandait souvent Yune alors qu'il était sur la route le ramenant à Damas. Mais la spiritualité de Maya n'était réceptive à rien qui ressemblât de près ou de loin à la religion. Et peu importe le nombre de fenêtres que

Yune ouvrait en elle, il n'arrivait pas à la convaincre de regarder par ces fenêtres et observer le ciel.

Quatre semaines plus tard, Yune comprit enfin que passer de l'autre côté nécessitait plus que l'accessibilité d'un pont ou d'un guide. Les disciples qu'il recherchait avaient attendu toute leur vie l'instant où on les inviterait à traverser. Peut-être n'en avaient-ils pas conscience intellectuellement, mais il suffisait de partager l'idée et la reconnaissance serait immédiate. Maya entendit l'idée à maintes reprises, et à maintes reprises la rejeta. Aussi belle et pure qu'elle puisse être, elle ne faisait pas partie des douze. Ainsi, quatre semaines plus tard, Yune porta son attention ailleurs.

Même après tout ce temps passé à Damas, Yune n'avait pas de vrais amis. Il avait cependant beaucoup de connaissances, pour la plupart des collègues de bureau de l'UNESCO. Il était donc naturel, comme cela devait peut-être se passer, qu'il concentre son attention sur ses collègues pour identifier des disciples. Connaissant la gêne qu'éprouvait Yune en présence d'hommes prétentieux en position d'autorité, il ne fut pas surprenant de le voir se concentrer sur ses collègues féminins, et sur les hommes qui occupaient des postes modestes au bureau. Mais en fin de compte, les disciples furent répartis à égalité, six femmes et six hommes. Sans compter Yune, ni le onzième disciple dont les affiliations religieuses étaient aussi mystérieuses que son identité, cinq d'entre eux étaient musulmans, et cinq chrétiens de confession catholique, protestante ou orthodoxe. Par ordre de nationalité des ancêtres, les pays suivants furent représentés ; la Syrie, la Palestine, l'Égypte, l'Espagne, l'Allemagne, et la Russie. Mais bien sûr, Yune avait parmi ses ancêtres des Africains, des Asiatiques, des Européens et des Américains.

Voici la classification faite par Yune des rangs et des titres des disciples :

Tariq al Kashef

Le Jumeau de cœur de Yune

Le Prophète Muhammad avait un jour décrit Abu Bakr comme le seul parmi ses compagnons à avoir accepté son message sans hésitation. Ni tentation d'aucune sorte, ni promesse ne furent nécessaires, aucun obstacle intérieur à surmonter. Ce fut le cas pour Tariq, l'homme dont Yune s'était fait un ami à l'Université de Pennsylvanie. Tariq vivait à présent à Amman, tout proche. Début avril, Yune lui demanda de venir le voir à Damas. Lorsqu'ils se rencontrèrent, Yune, sans autre forme de préambule, lui demanda : « Veux-tu attendre avec moi la venue du Christ ? » Tariq répondit immédiatement : « Que pourrais-je bien faire d'autre ? »

Les Trois Filles

En avril également, Yune fit un pacte avec trois disciples féminins. A ses yeux, c'étaient des « filles de », les filles d'hommes exceptionnels. Sofiya et Raydana étaient les filles du Prophète Muhammad, descendantes d'al-Hassan et al-Hussain ; et Eva était la fille d'un réformateur religieux important, Banudi Sanqin.

Sofiya al-Hasani descendait du Prophète par la lignée du petit-fils aîné de celui-ci, al-Hasan. Le jour où elle rejoignit les disciples, Yune eut l'impression qu'on lui donnait un diamant sans prix. Sofiya était à la tête des ressources humaines à l'UNESCO.

Lorsqu'elle ne travaillait pas, elle lisait un livre. Un jour, alors qu'elle lisait Kafka, Yune s'assit près d'elle et lui parla du Christ. Elle resta silencieuse. Le jour suivant, Yune trouva une feuille de papier pliée sur son bureau. Voici les mots qu'elle contenait : « Personne n'aurait pu pénétrer dans ce lieu, car cette porte n'existait pas avant. Elle a été créée pour toi. Et maintenant je vais la refermer. »

Raydana al-Husaini descendait du petit-fils cadet du Prophète, al-Husain. C'était aussi la femme de Tariq al-Kashef. Tariq lui parlait constamment de l'attente du Christ, si bien qu'elle finit par accepter de rencontrer Yune. Après être arrivée à Damas, elle demanda à voir Yune seule. Elle avait toujours eu l'impression qu'elle pouvait savoir si quelqu'un disait la vérité. C'était un don qu'elle pensait avoir hérité de son aïeul, le Prophète de l'islam. Tariq les laissa dans le bureau de Yune. Une heure plus tard, il revint inquiet, espérant que sa femme aurait cessé de résister. Alors qu'il entrait dans le bureau, il vit Raydana qui tenait la main de Yune. « Je suis avec toi, tout entière », dit-elle à Tariq en tendant vers lui sa main gauche, sa main droite tenant fermement celle de Yune.

Eva Sanqin était l'arrière-petite-fille de Banudi Sanqin, de la campagne de Homs. A la fin du XIXe siècle, Banudi avait rencontré à Damas un évangéliste presbytérien et s'était converti au presbytérianisme. A son retour dans son village, sa communauté chrétienne syriaque l'accusa d'hérésie, mais il tint bon et réussit à convertir ses deux frères. « Cette nouvelle voie », disait-il, « convient mieux à l'attente de mon Prince, le Christ. » Un siècle plus tard, son arrière-petite-fille passa à l'UNESCO pour emprunter un livre à la bibliothèque. Elle y rencontra quelqu'un qui lui parla d'une voie qui convenait mieux à l'attente du Christ. Alors que Yune lui prenait la main, elle murmura : « Je sais que c'est difficile de le croire, mais en soixante minutes tu as pénétré l'endroit de mon cœur qui abrite mes enfants. Je serai fidèle à ce que tu as partagé avec moi jusqu'à la fin. »

Les Deux Flammes

En mai 1999, Yune trouva deux autres disciples qui devinrent rapidement ses compagnons inséparables. Chaque fois qu'il se retournait, au moins un d'entre eux était là. Yune les considérait comme des flammes sur lesquelles il pouvait toujours compter, quel que soit le temps, sombre ou orageux.

Nabil Siddiqi

Nabil Siddiqi était un homme d'âge mûr, engagé comme coursier, et qui faisait le thé et le café pour les employés de l'UNESCO. Tout dans sa vie était ordinaire : son milieu, son éducation, et sa maison. Sa femme était le seul élément peu ordinaire de sa vie, en ce qu'elle ne cessait de vilipender son mari. Nabil avait horreur des conflits et fuyait les insultes de sa femme en se réfugiant dans une petite mosquée de Rukn al-Din, où un *imam* nommé Shaikh Ahmad lui parla de devenir ambassadeur de l'islam vrai à une époque où la plupart des musulmans déformaient leur foi. L'islam vrai est avant tout « prestigieux ». Il est prestigieux, car, quelle que soit la religion que l'on pratique, on ne peut s'empêcher d'être impressionné quand on le voit en action. « Nabil, s'ils ne sont pas impressionnés, s'ils ne pensent pas qu'il est prestigieux, alors c'est que quelque chose ne va pas dans la manière dont tu le représentes ou pire, c'est que quelque chose ne va pas dans ta manière de le comprendre. » Et rien ne déplaisait plus au Shaikh Ahmad que ces musulmans qui commettaient des actes qui, non seulement faisaient qu'autrui ne percevait pas l'islam comme prestigieux, mais le percevait comme ignorant, violent et barbare. Voilà comment Nabil aimait passer ses soirées à écouter Shaikh Ahmad parler d'un islam prestigieux digne de guider la civilisation humaine vers une spiritualité des Lumières.

Nabil, comme tous les autres disciples, devait passer par trois phases de sélection : Initiale, préparatoire et finale. Nous, les anges, connaissons bien ce processus. La sélection finale ne doit pas être confondue avec la sélection initiale ni préparatoire. La voie commence avec la sélection initiale, passe à la préparation, puis on pose une question et, selon la réponse, la sélection finale est confirmée ou infirmée.

La sélection initiale de Nabil Siddiqi s'appuyait sur le fait qu'il était le seul descendant masculin de saint Jacques, le frère du Seigneur. Ni Nabil ni aucun de ses proches ancêtres n'avaient connaissance de ce lien grandiose. Au dixième siècle, Ilyas, un aïeul de Nabil, quitta la maison familiale de Jéricho après que son frère eut épousé la jeune femme dont il était lui-même secrètement amoureux. Ilyas s'installa à Damas où il finit par se convertir à l'islam et épouser la fille de son voisin, un homme profondément pieux qui s'occupa d'Ilyas comme s'il s'agissait de son fils. Il dissimula tout de son passé à ses enfants, tout excepté son amour particulier pour le Christ, et sa détermination de vivre une vie vertueuse. Jacques était connu comme « le Juste », et un millénaire plus tard, Ilyas devait être connu parmi ses compagnons damascènes comme Ilyas Siddiqi, ou Ilyas le Juste.

La sélection préparatoire de Nabil fut accomplie le soir où il rentra chez lui pensant avoir reçu un décret royal de la part de Shaikh Ahmad le désignant comme chevalier spirituel d'élite, mandaté pour faire partager au monde le monothéisme pur et dur. Il arriva chez lui et fit de son mieux pour ouvrir la porte sans réveiller sa femme.

« Tu sais ce que je vais faire demain ? Je vais aller dans ta mosquée et je vais t'accuser devant ton cheikh ! Je vais lui dire le mal que tu as à faire vivre cette famille, peut-être qu'il réalisera alors qu'il perd son temps avec toi ! »

Sa fille qui se trouvait dans la pièce à côté se mit à pleurer. Nabil se demanda si elle avait entendu sa femme lui crier après. Chaque cellule de son corps voulait crier en retour, voulait dire à sa femme qu'il en avait assez. Mais sa colère fut arrêtée par une question, une question qu'il entendit de la voix de Shaikh Ahmad, « Serait-il prestigieux de crier après elle en retour ? » Nabil fit une courte pause, puis il se précipita dans la chambre de sa fille, évitant tout contact visuel avec sa femme. Sa fille lui jeta un regard puis ferma les yeux. Il mit sa main sur sa tête et chanta à voix basse :

« *Allahu Allah llahu rabi, awoni wa hasbi, mali siwahu, mali siwahu* – Dieu est mon seigneur, Celui qui m'aide et me soutient. Je n'ai personne vers qui me tourner si ce n'est Lui. Je n'ai personne vers qui me tourner si ce n'est Lui. » Il devait un jour confesser à Yune, « ... lorsque je chante, seule ma mère sait que je pleure... »

Dès que Yune commença à travailler à l'UNESCO, Nabil se sentit interpelé par Yune. Personne ne lui souriait comme Yune. Personne d'autre que Yune ne lui demandait pourquoi il avait l'air si fatigué, ou triste, ou heureux. Et personne d'autre que Yune ne lui demandait de s'asseoir et de boire la tasse de thé qu'il était en train de servir. Avec Yune, Nabil deviendrait l'ambassadeur suprême qu'il se sentait être. Et avec Yune, il partagerait les paroles que Shaikh Ahmad partageait avec lui. Et Yune sourirait et lui dirait comme il était d'accord avec ces paroles. Ainsi, lorsque Yune lui fit part de sa vision de la venue du Christ, lorsque la question qui engendrait la sélection finale de Nabil fut posée, Nabil eut l'impression d'avoir été promu du rang d'ambassadeur de l'islam vrai à celui de successeur des Disciples du Christ. La promotion était prestigieuse et Nabil l'adopta complètement. Sa sélection finale fut ainsi confirmée. A partir de ce jour, Nabil adorait tourner autour de Yune, en espérant pouvoir lui être utile en quoi que ce soit. La plupart du temps, il restait silencieux et discret, mais si Yune avait besoin de quelque chose, il sautait sur l'occasion.

Nabil joua un rôle important lorsqu'il s'agit de convaincre Rakan Madi, l'assistant personnel de Yune, de devenir un des disciples. Mais, comme les événements devaient le confirmer plus tard, Rakan les rejoignit seulement parce qu'il désirait ne pas être écarté de ce qui apparaissait à ses yeux comme le cercle d'influence de Yune. En fin de compte, il trahit une bonne partie de la confiance que Yune avait placée en lui.

Alisar Cozak

Alisar était la nièce de Nadeen, une chrétienne qui travaillait dans l'unité de recherche de l'UNESCO. Yune se sentait proche de Nadeen et songeait sérieusement à l'inviter à se joindre aux disciples. C'est alors qu'elle le surprit par une requête. Elle lui dit qu'elle voulait qu'il rencontre sa nièce de dix-neuf ans qui souffrait d'une dépression sérieuse. « Elle se réveille toutes les nuits en criant ! Il y a quelque chose en toi Yune qui me calme. Peut-être pourrais-tu aussi aider Alisar ? »

Alisar était de taille moyenne, les cheveux bruns et un corps qui avait la forme d'un sablier. Sa manière de s'habiller accentuait sa fémi-nité intense. Lorsqu'elle entra dans le bureau de Yune au début de mai 1999, elle portait une jupe longue fendue de chaque côté, et un T-shirt près du corps, assez court pour qu'on voie son nombril.

« Pourquoi voulez-vous me voir ? » demanda-t-elle en s'asseyant sur le petit sofa en face du bureau de Yune. Elle était très sûre d'elle et complètement à l'aise en regardant Yune droit dans les yeux.

Yune sourit. « Je n'ai pas pu m'en empêcher. »

« Vous vous intéressez à moi ? »

« Oui, pour des raisons qui pourraient vous surprendre. »

« Je n'ai jamais couché avec un homme plus vieux que moi. En fait, jusqu'à présent, je n'ai dormi qu'avec un oreiller. »

« Un oreiller ? »

« Oui, nous avons une relation physique sérieuse. »

« Il porte même un nom, Juan. Vous savez, de Don Juan. »

« Donc, vous posez la tête sur Juan, et ensuite ? »

« Non, j'ai un autre oreiller pour la tête. Juan dort entre mes jambes. Et soudain, au beau milieu de la nuit, lorsqu'il est sûr que je suis endor-mie, il me fait l'amour. »

Yune tourna la tête vers la fenêtre à sa droite. Mais il n'était pas gêné et ça le surprit.

« Vous savez ce qui est encore plus intime que de faire l'amour avec quelqu'un ? »

« Étonnez-moi ! »

« Dormir dans les bras de quelqu'un. »

« Je n'ai aucun mal à dormir. »

« Non. Mais vous vous réveillez tout d'un coup avec le cœur qui bat. Vous savez que vous venez de faire un cauchemar, même si vous ne vous souvenez de rien. Alors vous noyez tout cela dans Juan. »

« C'est Nadeen qui vous a dit ça ? »

« Nadeen ne sait rien de tout ça. Je peux vous débarrasser des cauchemars. »

Alisar se leva. Elle alla jusqu'à la porte et la ferma. Puis elle s'approcha de Yune jusqu'à se trouver face à face avec lui. Yune resta calmement assis dans son fauteuil, tout en sachant à l'avance ce qui allait se passer. Alisar se pencha, mit la main sur ses yeux pour qu'il ne voie pas ce qu'elle s'apprêtait à faire. Puis elle l'embrassa. Ce fut un long baiser. Sa langue pénétra dans sa bouche, et avant de s'écarter de lui, elle lui mordit doucement la lèvre. Puis elle retira sa main de ses yeux pour constater son effet sur lui. Yune avait toujours les yeux fermés. Alisar comprit, comme je l'avais moi-même compris, que Yune avait détourné l'impact de son baiser.

Il murmura : « Je peux vous débarrasser des cauchemars. »

« Faites-moi l'amour et je me débarrasserai de Juan. »

« Yune sourit. « Que faites-vous cet après-midi ? »

« Rien, si vous voulez me voir. »

« Je le veux. A cinq heures. »

« D'accord. Où ? »

« Ici, ensuite nous pourrons partir. »

Alisar revint à cinq heures. Yune l'attendait dehors, dans sa voiture. Il la vit arriver en taxi et l'appela alors qu'elle s'approchait de la porte principale de l'UNESCO. Elle se retourna et se dirigea vers sa voiture. Elle portait une robe sans manches, blanche avec des roses rouges parsemées ici et là. Ses mules à talons hauts attiraient l'attention sur sa manière de marcher naturellement sensuelle.

Elle monta dans la voiture et posa immédiatement sa main sur la jambe de Yune. « Allons-nous tromper Juan ? »

Yune garda le silence et conduisit en direction de la vieille ville.

« Vous avez entendu parler de Bob Dylan ? »

« C'est moi qui devrais vous demander cela. Vous êtes trop jeune pour connaître Bob Dylan ! »

« En fait je suis fan. Si vous voulez m'exciter, mettez du Bob Dylan. »

Yune regarda à sa gauche pour chercher l'endroit de la portière où il rangeait les CD.

« Pour vous exciter, j'ai bien peur qu'il faille attendre. »

« Ne vous inquiétez pas, je peux faire comme si. »

« Vraiment ? Qu'est-ce que vous êtes en train d'écouter ? »

« Mr. Tambourine Man. »

Du côté nord de la Citadelle se trouve une petite impasse récemment rénovée. Yune passa sous l'arche et arrêta la voiture. Il ferma les yeux et récita la Fatihah, le verset qui ouvre le Coran.

« Qu'est-ce que vous faites ? »

« Abu al-Darda', le premier juge musulman de Damas est enterré ici. Je lui envoyais une prière. »

« Vous possédez une maison près d'ici ? »

Yune continua à conduire. Il tourna à droite, puis à gauche, et gara la voiture.

« Venez. »

Alisar le suivit. La Grande Mosquée était à quelques pas de là. Yune se dirigea vers la porte réservée aux touristes. Il acheta un ticket d'entrée et demanda un *jilbab*, une grande robe à capuche que les femmes qui ne sont pas correctement vêtues doivent porter à l'intérieur de la mosquée. Il la tendit à Alisar.

« On va faire l'amour dans la mosquée ? Si ça ne vous dérange pas, moi ça me va. »

Yune lui prit la main et se dirigea vers Bab al-Faradis, située au nord sous le Minaret de la Fiancée. Il enleva ses chaussures, les donna au gardien de la porte et fit signe à Alisar de faire de même. Il s'arrêta un instant pour la regarder. La robe noire à capuche et les pieds nus lui donnaient une tout autre allure, mais ne parvenaient pas à faire disparaître sa sensualité naturelle.

Cette fois-ci, Alisar prit la main de Yune comme si c'était devenu un geste naturel entre eux. La cour était presque vide. Quelques enfants pourchassaient les pigeons en courant. Quelques femmes discutaient assises à l'ombre. Yune se dirigea tout droit vers le Dôme du Trésor. Il s'assit le dos contre une des colonnes.

Alisar se tenait toujours debout et demanda : « Ici ? Ça ne va pas être très confortable ! »

« Assieds-toi, Alisar. Maintenant, lève les yeux. Le minaret à ta droite va très bientôt connaître le début de quelque chose de si remarquable que cela va changer la nature même de la civilisation humaine. »

« Tout ce que je veux c'est t'embrasser. »

Quelques pigeons s'approchèrent d'eux. Ils semblaient hésiter. Ils roucoulaient entre eux. Puis ils vinrent plus près. D'autres suivirent. Bientôt, Yune et Alisar furent entourés de pigeons.

« Qu'est-ce qu'ils veulent ? demanda-t-elle à voix haute. »

« Ils veulent que tu te comportes convenablement. Yune lui répondit avec un sourire. »

« Dis-leur de s'en aller. »

Cette fois-ci, c'est Yune qui mit la main sur ses yeux à elle.

« Il faut mettre Juan de côté pendant un instant. »

Alisar sentit une brise printanière frôler son visage, et le sol en marbre froid sous ses pieds nus. Elle fut soudain prise d'une vague de sommeil. Elle tenta de lui résister. La main de Yune et le doux son lointain des enfants qui riaient l'en empêchèrent. Elle cessa de résister. Sa tête tomba dans le giron de Yune. Son corps se lova. Elle plongea ses mains entre ses genoux. Un pigeon téméraire s'approcha de ses pieds, puis sauta sur sa jambe. Yune sourit, et se demanda ce qu'Alisar ressentirait si elle ouvrait brusquement les yeux. Elle resta endormie jusqu'à ce que l'appel à la prière du coucher du soleil ne rompe le silence. Alisar ouvrit les yeux.

« Tu as dû me droguer. »

« C'était les pigeons. Tu as fait des rêves ? »

« Oui, mais pas des cauchemars. Ça y est, je remplace Juan par toi. »

« Juan ne va pas être content. »

« Je lui donnerai un oreiller femelle. »

Elle s'approcha tout près de son visage. Yune craignait qu'elle ne l'embrasse une nouvelle fois là, dans la cour de la mosquée. Sa bouche était à présent tout contre son oreille. « Jette ton sortilège dansant sur moi, je promets d'y succomber. »

Alisar Cozak était née à Damas. Mais ses ancêtres avaient jadis sillonné les steppes d'Ukraine. Les Cosaques avaient une passion pour la liberté et il était évident qu'Alisar avait hérité de ce trait de caractère. Après la fin de la guerre civile russe, en 1920, de nombreux cosaques qui s'étaient d'abord alliés aux Russes blancs quittèrent la Russie. La plupart se dirigèrent vers d'autres pays européens, et certains allèrent même jusqu'au Canada et aux Etats-Unis. Mais Andri, l'arrière grand-père d'Alisar, choisit de prendre la direction de la Turquie, et finalement de la Syrie où il s'installa au nord, dans la ville de Kafroun. Sa décision fut prise à la suite d'un rêve dans lequel une voix lui demanda de se diriger vers la Syrie et de trouver la Montagne de la Vierge Marie. Il trouva la montagne au nord, près de la ville de Kafroun. Il acheta un petit arpent de terre, construisit une maison et épousa la fille du boulanger du village. Un jour, tout en travaillant sur sa ferme, il se demanda : et si ? Et s'il était parti en Allemagne, comme la plus grande partie de sa famille. La vie là-bas aurait-elle été plus facile ? Comment avait-il pu prendre une décision de cette importance en s'inspirant d'un simple rêve ? Ces questions se firent de plus en plus pressantes. Cette nuit-là, il se coucha tôt, en espérant leur échapper. Et cette nuit-là, il rêva qu'on lui présentait une jeune fille, une belle jeune fille. Elle portait une couronne de diamants, plus brillante encore que celle portée par les Tsarines. Il demanda : « Qui est elle ? » Et la réponse fut : « C'est ta descendante, et la raison pour laquelle tu as été conduit ici.

Andri se réveilla dans un sentiment de bien être. Il ne comprenait pas vraiment à quoi le rêve faisait allusion. Mais il avait quelque chose de si particulier qu'il suffit à calmer ses regrets une fois pour toutes.

Cet après-midi passé dans la cour de la Grande Mosquée vit naître une nouvelle Alisar. Comme son arrière-grand-père avant elle, elle ne comprenait pas vraiment ce que Yune voulait dire lorsqu'il parlait de la venue du Christ, mais il y avait quelque chose en lui de suffisamment profond et fort pour dissiper sa part d'ombre à elle. Cette sensualité vulgaire entretenue par cette obscure relation avec son ami imaginaire, Juan, fit place au repentir et à une sensualité légère qui s'exprimait d'une façon délicate et presque innocente.

Plus encore que ne le faisait Nabil, Alisar suivait Yune partout où il allait. Un jour, lors d'un voyage à Alep pour le compte de l'UNESCO, il rentra à son hôtel tard le soir et la trouva assise dans le couloir près de la porte de sa chambre.

« Tu es en retard. »

« Et toi tu n'es pas où tu devrais être. »

« Elle entra derrière lui. »

« J'ai très sommeil ; je n'arrive pas à croire que tu m'aies fait attendre si longtemps. »

« Alees », c'est ainsi que Yune l'appelait, « Je ne savais même pas que tu étais à Alep ! »

« Et tu prétends avoir de l'intuition ! »

Yune entra dans la salle de bain, et lorsqu'il en ressortit, elle s'était déjà couchée. Il secoua la tête et se mit au lit à côté d'elle. Elle posa sa tête sur son bras, comme une petite fille le ferait avec son père.

« Je t'en prie, serre-moi fort. J'ai hâte de rêver en ta présence. »

Il fut un temps où je serais immédiatement intervenu auprès de Yune, Alisar, où les deux pour les tirer hors du lit. Mais je n'étais pas inquiet. Tout dans cette chambre respirait l'innocence ; tout semblait en parfaite harmonie.

Le Traître

Il y avait, en plus, l'assistant personnel de Yune, Rakan Madi. Les disciples devaient plus tard l'appeler le traître. Yune évitait de parler de lui, mais lorsqu'il le faisait, il disait : « Il est celui qui fut invité à dîner dans la chambre du Roi et qui choisit de manger dans l'écurie. »

Les Trois Piliers

Alejandra Menendez

Alejandra était une Espagnole d'une vingtaine d'années, en poste à Damas en tant que JPO, ou Junior Program Officer. Elle faisait partie de ce petit nombre d'hommes et de femmes sélectionnés par le gouvernement espagnol pour être formés au système des Nations Unies, et finalement intégrés dans diverses agences de l'ONU comme fonctionnaires internationaux. Comme le reste des disciples, Alejandra faisait partie des douze choisis parmi tous les êtres humains vivants pour être présents lors de la venue du Christ.

Aussi fière de son héritage espagnol qu'Alejandra puisse être, elle n'avait pas conscience de l'intérêt qu'il représentait. Une de ses ancêtres maternelles, connue sous le nom d'Elgira faisait partie du groupe d'Espagnoles enlevées par les troupes de Uthman Ibn Naïssa, le gouverneur berbère de l'Ibérie du Nord au huitième siècle. Des heures plus tard, la jeune Elgira âgée de 16 ans se trouva, terrifiée, dans la tente d'un soldat arabe, Jawwad Ben Umair. Lorsque Jawwad contempla son visage, il marqua une pause, ne s'attendant pas à une telle beauté. Puis il plongea la main dans une boîte et en tira une bague en émeraude. « Au nom de l'Un », dit-il en plaçant la bague dans sa main tremblante. Elle n'avait jamais vu une bague d'un vert si profond. Alors que Jawwad lui faisait l'amour en cette fraîche nuit de printemps, elle tenait la main serrée sur la bague, et ses lèvres répétaient sans cesse une prière. Jawwad approcha son oreille de sa bouche comme pour inhaler ses paroles ainsi que son parfum. Une semaine plus tard seulement, Elgira fut libérée, et avant la fin de ce même mois de mai, elle épousait Sancho, un des jeunes Asturiens responsables de sa libération. Neuf mois après naissait une fille. Elgira la nomma Gibelurdin, d'après un champignon dont le dessous est d'un vert éclatant. Cette enfant née d'un pacte célébré au nom de l'Un et consommé dans la prière « Christ est mon Rédempteur » fut l'ancêtre maternel d'Alejandra Menendez.

Quatre siècles plus tard, le 16 juillet 1212, Diego López, descendant direct de Gibelurdin, combattit à la bataille de Las Navas de Tolosa, connue en arabe sous le nom de al-'Iqab ou le Châtiment, une victoire espagnole majeure, et une des étapes importantes de la *Reconquista*. Plus tard, alors que Diego errait parmi presque cent mille cadavres et blessés, il entendit une voix faible qui demandait de l'eau. A sa droite, un soldat musulman était étendu sur le sol, visiblement à l'agonie. Le soleil se couchait. Diego était épuisé, lui-même légèrement blessé et impatient de quitter le champ de bataille. Mais quelque chose en lui surmonta sa fatigue, son désir de repos et son envie de célébrer la victoire, quelque chose de si fort qu'il se mit à courir jusqu'au camp principal et pour revenir avec de l'eau. Alors qu'il portait la petite jarre d'eau, il craignait que le sarrasin ne soit mort avant son retour. « Qui sommes-nous, que représentons-nous », se demanda-t-il alors qu'il courait, « si nous ne répondons pas au vœu d'un mourant qui demande de l'eau ? » Lorsque Diego arriva, il souleva la tête de l'homme et mit la jarre d'eau près de ses lèvres. Mais l'homme était déjà mort. Son dernier contact avec l'eau fut les larmes de Diego qui tombaient sur ses joues. C'est pour ce moment-là qu'Alejandra, une descendante de Diego au vingtième siècle, eut l'honneur de devenir un successeur des disciples du Christ.

Alejandra mesurait environ 1 mètre 58 et avait le corps d'une adolescente. Ses cheveux étaient châtain foncé, et ses yeux d'une nuance vert sapin intéressante. Ses jupes très courtes, bien que toujours très stylées, lui donnaient l'air d'une écolière se promenant dans le bureau. Elle désirait ardemment que quelqu'un du bureau l'implique dans un projet sérieux. Mais elle parlait si rapidement avec un fort accent espagnol que la plupart des Syriens de l'UNESCO dont l'anglais n'était que la deuxième langue éprouvaient des difficultés à la comprendre. Yune avait conscience de ce problème de communication et en usait à son avantage. Aussi, lorsqu'il lui téléphona pour lui demander de venir à son bureau, il sentait déjà combien elle avait besoin qu'on lui prête attention, de manière professionnelle ou autre.

« Asseyez-vous. Que voulez-vous boire ? »

« Je n'ai pas vraiment le choix, Yune ! »

« Nous avons un excellent cappuccino ! »

« Cappuccino ? Je n'ai pas bu de cappuccino depuis que je suis arrivée à Damas. »

« Eh bien, le temps est venu d'y remédier. Suivez-moi Alejandra. »

Tout en disant cela, Yune sortit de son bureau sans prendre la peine de se retourner pour s'assurer qu'Alejandra le suivait. Mais c'était bien le cas. Quelques instants plus tard, ils étaient assis dans la Sangyung Musso noire, qu'il avait achetée un an auparavant, ayant décidé que la Mercedes n'avait sa place que dans un musée d'anomalies technologiques ! Et alors que Bruce Springsteen chantait « On ne peut pas allumer de feu tout en s'inquiétant du monde qui s'écroule autour de nous », Yune se dirigea le plus loin possible du bureau de l'UNESCO. Quelques instants plus tard, ils étaient au Sheraton, un des trois hôtels cinq-étoiles de la ville. Le hall s'inspirait de l'architecture des imposantes cours intérieures damascènes, et possédait plusieurs fontaines. Tout au fond, une jeune femme jouait du piano. Yune s'avança vers un recoin un peu à l'écart et fit geste à Alejandra de s'asseoir. Un serveur apparut de nulle part et ils commandèrent deux cappuccinos.

Yune observa Alejandra. Elle portait un chemisier blanc, une jupe bordeaux et des chaussures blanches à talons hauts et papillons rouges à même ses pieds nus. A sa gauche, quelques mètres plus loin, une femme seule lisait. Elle portait un chemisier rouge, une courte jupe blanche, et des chaussures rouges avec des papillons blancs. Son image pénétra le regard de Yune qui, apparemment incapable de la saisir complètement, tourna vers Alejandra une attention accrue et exaltée.

« Je ne suis jamais venue ici. Tu es complètement fou. Pourquoi nous avoir amenés ici ? »

« Je croyais que tu voulais un cappuccino ? »

« Yune, nous sommes supposés travailler, non ? »

Alejandra avait une façon à elle de laisser ses lèvres légèrement entrouvertes après avoir posé une question. Il y avait aussi l'ombre d'un sourire. Cela ne durait qu'une ou deux secondes, puis sa langue sortait et touchait sa lèvre supérieure pour ensuite disparaître. Yune le remarqua, de même que Risha, et tous les deux, séparément, trouvèrent qu'il y avait là un je-ne-sais-quoi de sensuel. C'était important, car, jusqu'à présent, Yune ne s'était pas senti sensuellement attiré, or il donnait le meilleur de lui-même lorsqu'il n'était pas seulement animé par sa détermination, mais aussi lorsqu'il se sentait émotionnellement impliqué et sensuellement attiré.

« Alejandra, comment pouvons-nous travailler ensemble si nous nous connaissons à peine ? Parle-moi de toi. »

Le cappuccino arriva. Alejandra était pressée de le goûter, comme pour se rassurer qu'elle n'était pas là par hasard.

« Il est bon. Je suis surprise. Que veux-tu savoir ? »

Une nouvelle fois, les lèvres qui s'entrouvrent, la langue qui apparaît, et l'effet final des lèvres humides. « Tout. »

« D'accord. Je viens d'Espagne. Tu le sais déjà. Mais ce que tu ne sais pas c'est que je suis des Asturies, la région d'Espagne la plus spéciale, une région qui n'a pas été conquise par les Maures ! »

« Intéressant. »

« Nous sommes un peuple fier et nous faisons le meilleur sidra du monde. »

« *Sidra* ? »

« *Sidra*, c'est le cidre. Nous avons les meilleures pommes, et donc le meilleur cidre ! »

« J'attends toujours que tu me parles de toi. »

Veux-tu que je t'aide ? »

« Comment peux-tu m'aider ? »

« En te posant des questions précises. »

« Vas-y. »

« As-tu jamais été amoureuse ? »

« Yune ! Il s'agit de choses privées. »

« J'essaie seulement de mieux te connaître. Si tu veux, nous pouvons finir notre cappuccino et partir. »

Alejandra trouvait l'idée de partir très désagréable. Yune posait peut-être des questions d'ordre privé, mais c'était sa première vraie conversation depuis son arrivée à Damas, et elle était prête à parler de n'importe quoi pour la prolonger. Ainsi, deux heures plus tard, Yune et Alejandra sortaient du Sheraton. Elle trouvait Yune toujours aussi mystérieux, mais elle avait partagé avec lui des histoires et des secrets que sa propre sœur ne connaissait pas. Mais il y avait aussi des histoires qu'elle avait choisi de ne pas partager, des histoires qui concernaient ses rapports avec sa belle-mère. Alejandra ne parla pas à Yune de la violence physique qu'elle avait subie de la part de sa belle-mère, et cela jusqu'à son départ pour Damas. Elle ne lui parla pas de cette soirée où sa belle-mère la gifla en présence de ses amis, parce qu'elle n'avait pas aimé la manière dont elle s'était habillée pour fêter son dix-neuvième anniversaire. Elle ne lui parla pas non plus du jour où sa belle-mère l'avait battue avec une brosse à cheveux parce qu'elle avait osé lui demander de parler plus gentiment à son père. Plus important encore, Alejandra ne lui parla pas de sa réaction à ces violences : « Je suis désolée de t'avoir contrariée, je te promets que je ne le ferai plus. » Alejandra ne parla pas de ces histoires à Yune, ni à quiconque, car, inconsciemment peut-être, elle les voyait comme des secrets qu'elle ne pouvait partager qu'avec Dieu. Dans leur ensemble, ces histoires formaient sa phase de préparation, et lorsqu'elle se trouva dans le hall du Sheraton, elle y arriva avec ce sentiment profond qu'éprouvent ceux qui réagissent à leurs blessures avec grâce.

Plus tard ce soir-là, Yune l'appela au téléphone. Elle était dans son petit appartement d'Abu Rummana.

« Tu es prête ? »

« Prête à quoi ? »

« Tu as oublié notre rendez-vous de ce soir ? »

« Quel rendez-vous ? »

« Ça ne fait rien, Alejandra. Si tu ne veux pas venir... »

« Attends, je veux venir. Où allons-nous ? »

Vingt minutes plus tard, il était à son appartement, un studio sur la terrasse d'un immeuble sur Abu Rummana. Elle ouvrit la porte et retourna vite dans sa chambre pour finir de s'habiller. Yune aperçut rapidement ses pieds nus et son short blanc. Il entra et se dirigea vers la terrasse.

« Tu peux mettre une autre musique si tu veux. »

C'était Rosana qui chantait *Descubriéndote*. Le passe-temps favori d'Alejandra deviendrait bientôt celui d'écouter cette chanson des soirées entières en se souvenant des moments passés avec Yune.

« Tu sais ce qu'elle dit ? Ou bien ton espagnol est-il aussi mauvais que mon arabe ? »

Yune se retourna. Alejandra portait une courte robe noire, des tongs noires, et de nombreux objets en argent, dont une bague d'orteil.

« Elle dit "Je t'attends depuis longtemps, dans mon âme et dans ma peau." »

Ils se retrouvèrent finalement au Piano Bar, dans la rue qui conduit à la Chapelle d'Ananie où Paul retrouva la vue il y a presque deux mille ans. Alejandra était enjouée. Quelque chose en Yune l'attirait, sans savoir vraiment ce que c'était. Mais Yune, l'enfant jadis éduqué par Risha, réagissait à son enjouement par une séduction distante et subtile qui ne faisait que l'enflammer un peu plus. Lorsqu'elle lui demanda s'il désirait retourner dans son appartement, il parla d'y tenir une fête pour les collègues de bureau. Lorsqu'elle lui demanda quel était son fantasme préféré, il lui parla du mythe de la caverne de Platon, et lorsqu'elle lui fit du pied il se pencha pour retirer son anneau d'orteil. « Où as-tu trouvé ça ? Je peux l'essayer ? »

En sortant, elle semblait avoir perdu toute son énergie. Elle le prit par la taille et inclina sa tête sur son épaule. Yune la conduisit vers la chapelle. La chapelle d'Ananie ferme vers six heures, mais la porte était encore ouverte lorsque Yune et Alejandra y arrivèrent à minuit. Je me demandais qui était responsable de cela. Etait-ce Asa ? Mais pour Yune, cela semblait aller de soi. Ils descendirent l'escalier obscur pour atteindre la chapelle au sous-sol qui avait été la demeure d'Ananie. Quelques bougies brillaient suffisamment pour éclairer quelques-unes des icônes sur le mur. Alejandra fit le signe de croix et, se tenant là impressionnée, se mit à répéter :

« *Cristo es mi redentor* », la traduction espagnole de « Christ est mon Rédempteur ».

Puis elle tourna la tête vers Yune.

« En une seule journée, tu as ouvert mon cœur comme jamais auparavant. Et à présent tu me conduis ici. Mon âme s'ouvre à toi comme mon corps s'est ouvert à toi tout à l'heure au bar. »

Yune garda le silence.

« Qu'attends-tu de moi ? »

« Je veux que tu attendes avec moi. »

« Attendre ? Attendre quoi ? » Il lui murmura à l'oreille :

« Attends avec moi la venue du Christ, fils de Marie, la vierge éternelle, envoyé par le Dieu Unique pour tous. Sois avec moi lorsqu'il descendra en majesté sur la tour Blanche à l'est de Damas. »

Omar Imady

Alejandra le fixa du regard, interloquée. Elle tendit la main vers son épaule comme pour ne pas tomber. Elle n'était pas sûre de savoir s'il s'attendait à une réaction de sa part. Elle réunit alors toute son énergie et retourna rapidement vers la voiture sans dire un mot.

Alors que Yune la raccompagnait chez elle, ils ne se dirent pas un mot. Alejandra semblait complètement hébétée. En arrivant, elle sortit de la voiture et se dirigea vers son immeuble sans lui dire au revoir. Soudain, elle se retourna et revint vers la voiture. Yune ouvrit la fenêtre.

« Tu te souviens de ce que je t'ai dit au sujet des Asturies ? »

« Qu'elles sont une des régions qui ne furent jamais conquises ? »

« Oui. Mais ce soir Yune, il y a moins d'une heure, les Maures sont finalement entrés dans les Asturies. »

Yune sourit. « Peut-être, Alejandra, mais ils l'ont fait au nom du Christ ! »

Hans Siebold

Le Dr Hans Siebold était spécialiste de littérature culturelle. Sa connaissance approfondie de l'histoire culturelle damascène plongeait Yune dans un enchantement intellectuel. Un jour, alors qu'ils se promenaient au marché de légumes de Rukn al-Din, Hans lui demanda :

« Dr Yune, savez-vous pourquoi les figues sont appelées des figues *Baali* ? »

« Parce qu'elles sont nourries à l'eau de pluie. »

« Oui, mais pourquoi *Baali* ? »

« Je ne sais pas. Je pensais que c'était le nom donné aux cultures nourries à l'eau de pluie. »

« Baal est le dieu de la pluie, du tonnerre et des éclairs. Nous connaissons son histoire et comment il est devenu dieu de la pluie grâce aux tablettes trouvées à Ras Shamrah au nord de la Syrie, qui datent d'environ 1500 avant Jésus Christ. Vous voyez, le fait est que 3500 ans plus tard, après des siècles de judaïsme, de christianisme et d'islam, les figues nourries à l'eau de pluie sont toujours connues à Damas sous le nom de figues de Baal ! Qu'est-ce que cela nous dit de Damas ? »

L'Evangile de Damas

Hans était né en Rhénanie dans le village d'Urmitz. Son père, Johannes était un *Stabsoberfeldwebel*, ou adjudant-chef dans la marine allemande. Il avait une expérience d'ingénieur et en conséquence on l'avait envoyé dans le port norvégien de Bergen pour superviser la construction des fortifications allemandes. Pendant une courte permission en 1940, Johannes se maria et Hans, son premier-né, naquit neuf mois plus tard. Une fois les fortifications terminées, on demanda à Johannes de superviser la construction d'un autre projet, le camp de concentration Espeland à Arna, tout près de Bergen. On fit venir des travailleurs, dont beaucoup de juifs, du camp de concentration d'Ulven. C'est à ce moment-là que Johannes commença à faire ces rêves. Le thème revenait sans cesse. Il était toujours occupé à construire quelque chose, une sorte de bâtiment qui à première vue paraissait grandiose, mais qui, vers la fin, prenait feu et brûlait complètement. Un matin, alors qu'il n'était pas encore remis d'un de ces rêves, Johannes vit un soldat battre à mort un des travailleurs. Soudain, et de façon inattendue, les deux images se superposèrent, celle du feu de son rêve et celle de l'agression violente du travailleur. A partir de là, quelque chose vit le jour en Johannes, quelque chose qui le força à se racheter pour avoir participé à la construction de cette « maison du mal », comme il finit par l'appeler. A partir de 1943 et jusqu'en 1945, date de la libération du camp d'Espeland, Hans aida non seulement plus de dix juifs à fuir en Suède, mais, et cela était plus important encore, il partagea ses rations avec les prisonniers du camp. « Combien faut-il de miches de pain », se demandait-il, « pour expier la construction de cet endroit ? » Parmi les deux cents prisonniers trouvés en vie par les libérateurs du camp, beaucoup devaient à Johannes Siebold d'avoir survécu. Cependant, Johannes disparut avant que quiconque puisse le remercier. Il ôta son uniforme et reprit le chemin d'Urmitz pour rejoindre sa famille.

Hans se souvient que lorsqu'il était enfant, sa mère l'avait emmené visiter la cathédrale de Cologne. On lui avait dit que ce qui ressemblait à une cage dorée contenait les reliques de trois rois perses. Ces trois rois avaient un jour suivi une étoile qui les avait conduits à Bethléem où ils avaient rencontré le Christ enfant. Des années plus tard, il alla à Cologne avec sa voisine Helga, pour assister à l'inauguration de l'Opéra. Ce fut un événement grandiose, et la représentation *des Noces de sang* (*Die Bluthochzeit*) de Wolfgang Fortner fut prodigieuse. Cependant, Hans se souvient clairement d'avoir laissé Helga pendant l'entracte et de s'être rendu à la cathédrale en face. Elle était fermée, mais Hans ne voulait rien d'autre que se tenir en silence près de la porte de la cathédrale et fermer les yeux.

Avant de se tourner vers la sociologie, Hans avait voulu être prêtre. Peut-être à cause de sa mère, peut-être à cause de ces après-midi dans l'église de St-Georges à réciter son chapelet. Quoi qu'il en soit, cela n'avait pas suffi pour qu'il aille jusqu'au bout de cette expérience. Ainsi, au lieu de continuer ses études de théologie à Trèves, il réunit ses économies et décida d'explorer l'Afrique du Nord. Un jour, alors qu'il traversait un marché à Marrakech, il remarqua une petite mosquée. Il avait visité les grandes mosquées de Marrakech, mais celle-ci était différente. La 'asr, ou prière de l'après-midi venait de se terminer et la mosquée était fermée.

Instinctivement, Hans trouva la porte de derrière, et entra. Elle avait la forme d'un petit carré surmonté d'un dôme. Tout autour de la base du dôme, il y avait des vitraux bleus. « Voilà qui est très différent », murmura Hans à lui-même. Il s'assit, le dos au mur et s'endormit profondément en quelques instants. Une demi-heure plus tard, il se réveilla et s'en alla. C'est ce Hans, né au cours de ces trente minutes, qui rencontra Yune et crut en lui.

Pendant ses différentes visites à Damas, Hans resta le professeur dans sa relation à Yune. Ce fut le cas jusqu'en juin 1999 lorsqu'il arriva à Damas pour y passer trois jours à titre de consultant. Yune était alors en pleine recherche d'un petit terrain dans la Ghuta, ces vergers de noyers et d'abricotiers autour de Damas qui s'étendent de Daraya, à l'extrême ouest, à Irbin, à l'extrême est. Yune s'était intéressé à la Ghuta après avoir lu un livre qui décrivait cette région comme le désert de Damas qui aurait une signification spéciale à la fin des temps. Après les heures de bureau, il conduisit Hans au terrain qu'il avait le plus envie d'acquérir, près d'une ville appelée Dier al-Asafir, ou Monastère des Oiseaux, environ à 22 km au nord-est de Damas. Une vieille porte en bois fermait le terrain et, à l'intérieur, parmi les noyers, se trouvaient un puits et un petit abri pour les pelles et les vieux sacs. Ils s'assirent sur l'herbe près d'un grand noyer.

Soudain, Yune prit la parole avec autorité.

« Qui donc est Kirsten ? »

« Vous avez dû m'entendre parler au téléphone. »

« Kirsten est ma petite amie. »

« Je croyais que vous étiez marié ? »

« Eve et moi sommes séparés. »

Hans sourit comme pour s'assurer que Yune voulait vraiment écouter l'histoire qu'il avait envie de partager avec lui. Yune sourit en retour comme pour confirmer qu'il s'intéressait beaucoup à tout ce dont Hans voulait bien lui parler.

« Vous voyez, Dr Yune... »

« Laissons nos titres de côté », dit Yune en touchant l'épaule de Hans. Yune savait-il la somme d'énergie qui irradiait de sa main vers Hans ?

« En fait, c'est très compliqué. Je ne parle pas seulement de mon histoire, mais de tout ce qui se passe en Allemagne et en Occident. »

« Qu'est-ce qui est compliqué ? »

« Les relations humaines et tout ce qui a à voir avec l'intimité. Je suis séparé d'Eva parce qu'elle a eu une liaison avec Josef, le professeur de piano de mon fils. Mais elle ne sait pas que j'entretenais une liaison avec Kirsten bien avant que Josef ne devienne le professeur de piano de mon fils. Kirsten est divorcée avec deux enfants. Elle était déjà divorcée lorsque je l'ai rencontrée, mais elle vit encore avec un petit-ami et ses deux enfants à lui. On peut donc dire qu'elle trompe son petit-ami avec moi ! »

Hans parlait comme s'il était pressé de se soulager d'un poids sombre qu'il avait depuis longtemps sur le cœur.

« C'est comme si l'institution du mariage dans tout l'Occident était sous le coup d'une malédiction si puissante que personne, absolument personne, Yune, ne peut y échapper ! »

Hans changea de position et pencha la tête vers Yune.

« Je suis si fatigué de toute cette duplicité. Mais la malédiction nous suit partout. Je n'ai pas souvenir de la moindre relation qui ait débuté dans l'innocence et qui soit restée innocente ! Je veux simplement tout recommencer à zéro. Il y a cette belle cathédrale à Cologne. Ma mère m'y emmenait quand j'étais jeune. J'adorais y aller parce que j'étais fasciné par le Sanctuaire des Trois Rois. Vous avez dû entendre parler des Trois Rois ? Ils étaient perses. Comme c'est fascinant ! Souvent je m'endors en songeant que je suis l'un d'eux. Je me vois suivre l'étoile de Bethléem qui me conduit au Christ. »

Yune sourit chaleureusement.

« Un jour je suis entré dans cette cathédrale. Je ne sais toujours pas pourquoi. Je l'avais volontairement évitée pendant plus de vingt ans. Ma mère m'avait toujours dit que j'y retournerais, mais je riais sans lui prêter attention. Donc, je m'assois sur un des bancs, et quelques minutes plus tard, une femme entre et s'assoit juste à côté de moi. La cathédrale est complètement vide, mais elle s'assoit juste à côté de moi. Je tourne la tête vers elle, et elle se met à parler. Elle s'appelle Heidi, et soudain il me paraît comme une évidence qu'elle est tout ce que je recherche chez une femme et une épouse. Mais, Yune, j'ai si peur. »

« De quoi ? »

« De la malédiction. Chaque fois que j'essaie de recommencer à zéro, la malédiction s'abat sur moi. D'une minute à l'autre Kirsten va s'apercevoir que je suis amoureux d'Heidi. D'une minute à l'autre elle va me demander de sortir de sa vie, comme je l'ai fait avec Eva. Yune, il faut que quelqu'un arrête tout ça ! Tout ce que je veux, c'est recommencer à zéro, aimer Heidi et être aimé d'elle, et trouver le bonheur dans cet amour jusqu'au jour de ma mort. »

Yune parla avec autorité et avec une émotion forte et profonde.

« Hans, je vous sortirai, toi et Heidi, de cette malédiction, si tu promets de faire partie des douze. »

« Quels douze ? »

« Les douze qui seront présents lorsque le Christ reviendra pour lever la malédiction de la luxure et de la haine sur toute la terre. »

Hans parut abasourdi, et malgré toute sa formation intellectuelle qui lui avait appris à douter de tout ce qui ne peut pas être objectivement démontré, il ne pouvait pas contrer l'autorité avec laquelle Yune avait parlé.

« Je veux que tu sois ici à Damas le 24 décembre de cette année. »

« La veille de Noël ? »

« Oui. Et amène Heidi avec toi si tu veux. »

« Et la malédiction ? »

« Elle a déjà été levée. Lorsque tu retourneras à Cologne, tu verras que tout a été préparé pour une alliance éternelle et fidèle avec Heidi. »

Hans se rendit compte qu'il avait affaire à une autorité dont il n'avait jamais soupçonné l'existence et voulut rapidement placer une nouvelle requête :

« Et Alyson ? »

« Alyson ? »

« Ma fille. Je veux qu'elle soit aussi protégée de la malédiction. »

Yune ferma les yeux.

« Elle est protégée. »

Hans prit la main de Yune comme pour le remercier et confirmer le pacte qu'ils venaient de conclure. Yune serra fermement sa main. « La veille de Noël ? »

« La veille de Noël. »

Majduleen Haddad

Majduleen, ou Leen comme tout le monde l'appelait, était une femme mariée d'une trentaine d'années qui avait auparavant travaillé comme enseignante d'anglais. Ici, à l'UNESCO, Leen était le type même de l'enfant qui vit parmi les objets obscurs de ce monde. Elle travaillait beaucoup, parlait peu et n'attendait rien. Tout son salaire était consacré à sa famille, et elle ne gardait pour elle que ce qu'il lui fallait pour acheter ses cigarettes Pall Mall, et pour aider une vieille femme nommée Afifa qui traînait dans les rues près de chez elle.

Yune aimait passer du temps dans le bureau de Leen. C'était un endroit où il pouvait se soustraire aux différents visiteurs qu'il recevait chaque jour. Rakan, son secrétaire, savait où il était bien sûr, mais comprenait que le fait d'être dans le bureau de Leen voulait dire qu'il ne voulait voir personne. Jusque-là, Yune n'avait pas beaucoup parlé avec Leen. Il restait assis dans son bureau, lisant un journal ou buvant une tasse de thé. Mais ce jour-là, Yune entra dans le bureau de Leen non pas pour s'échapper, mais pour conclure un autre pacte.

« Leen, quand avez-vous dormi toute une nuit d'une traite pour la dernière fois ? »

Leen, qui tapait à la machine lorsque Yune entra dans son bureau, leva la tête et fixa Yune sans comprendre.

« Quoi ? »

« Je vous ai demandé quand vous avez dormi toute une nuit d'une traite pour la dernière fois. Mais je le sais déjà. »

« Qu'est-ce que vous savez ? »

« Je sais que vous restez étendue sur le lit à regarder le plafond, et que vous restez éveillée ainsi jusqu'à l'appel à la prière de l'aube. »

« Qui vous a dit ça ? »

« Et je sais que vous passez la nuit à essayer de toutes vos forces de répondre à une question. »

« Quelle question ? »

« Je vais vous dire quelle question. Mais est-ce que vous croirez à ma réponse ? »

Leen fixa Yune du regard, pleinement convaincue que rien de tout ça n'était en train de se passer. Elle attrapa son paquet de cigarettes comme pour chercher une sorte de protection, ou peut-être d'inspiration.

« Je ne sais pas. Je ne suis pas certaine de savoir de quoi vous parlez. Mais oui, si vous me dites la question, je penserai que vous devez connaître la réponse. »

« Est-ce là tout ce pour quoi j'ai été créée ? » Vous passez la nuit à vous demander "Est-ce là tout ce pour quoi j'ai été créée ?" »

En disant cela, Yune prit la main de Leen.

Leen ne résista pas. Il avait posé sa main sur la sienne qui était posée sur le paquet de cigarettes.

« Quelle est la réponse ? »

« La réponse est non. »

« Non ? »

« Non, Leen, vous n'avez pas été créée juste pour cela. »

Majduleen Haddad était née dans la ville de Dier al-Zur dans le nord de la Syrie. Aboud Haddad, son grand-père était né en 1895. En

1919, au moment de la chute de l'Empire ottoman, des centaines d'Arméniens ont fui la violence en Anatolie et sont allés vers le sud, à Dier al-Zur. Aboud possédait un terrain dans un village appelé Kisrah, à proximité de Dier al-Zur. Tous les vendredis, ses parents et ses jeunes frères et sœurs se réunissaient là. Mais Aboud s'y rendait le jeudi après-midi pour profiter de l'endroit avant qu'il ne devienne bruyant. C'est pendant un de ces jeudis, en mars 1919, qu'il entendit une voix, comme si un enfant avait pleuré pendant des heures et que ses sanglots n'étaient plus qu'un gémissement. Il avança vers le figuier, l'arbre le plus ancien de son terrain. Ses yeux furent attirés par l'image d'une couleur, rouge dorée, très différente des couleurs de sa terre qu'Aboud connaissait bien. Une jeune adolescente portant une longue robe noire était allongée derrière l'arbre. Ses cheveux d'un roux doré étaient longs et tressés, mais les tresses avaient visiblement été faites plusieurs jours auparavant. Il la porta jusqu'à sa maison à Dier al-Zur alors qu'elle était trop faible et fragile pour se rendre de compte de quoi que ce soit.

C'était le début de l'histoire. Plus tard, il devait apprendre que son nom était Alexi et qu'elle avait assisté au massacre de toute sa famille. Elle ne savait pas pourquoi on l'avait épargnée. Elle avait erré pendant plus de trois jours avant qu'Abou ne la trouve à Kisrah près du vieux figuier. Abou n'arrivait pas à prononcer « Alexi », il l'appela donc Fida, le mot arabe qui désigne l'argent, à cause de son teint pâle. A peine six mois après, Abou et Fida se marièrent. Leur fils, Omar, est le grand-père de Majduleen. Fida resta chrétienne jusqu'à sa mort et Abou faisait en sorte de l'emmener au moins une fois par mois à Alep pour qu'elle puisse assister à la messe du dimanche dans la cathédrale arménienne des Quarante Martyrs. Une église devait être construite plus tard à Dier al-Zur en souvenir des Arméniens morts au début du vingtième siècle, mais Fida était déjà morte.

Depuis sa première conversation sérieuse avec Yune, Leen était complètement obsédée par les visites de celui-ci dans son bureau. Elle essayait de lui rendre son bureau aussi agréable que possible. Pour que Yune puisse écouter les chansons qu'elle aimait pendant qu'il lisait son journal, elle brancha son ordinateur sur des enceintes et mit une coupe en cristal sur la table à café en verre, et s'assura qu'elle était toujours garnie de mandarines. Elle acheta même une cafetière électrique pour qu'il y ait toujours du café chaud lorsqu'il arrivait. En retour, Yune ne se préoccupait pas du tout de savoir comment ses collègues voyaient les heures qu'il passait dans le bureau d'une femme mariée ni ce qu'ils en disaient. Souvent, il faisait confiance à son assistant, Rakan, pour le couvrir, surtout après avoir considéré que Rakan faisait partie des douze.

Comment Yune passait-il son temps là ? Il entrait et prenait de la lecture. Il buvait une tasse de café, puis mangeait parfois une mandarine. Alors, Leen se mettait à parler. Pour un analyste qui l'aurait observé, il était évident que Leen avait adopté Yune comme thérapeute personnel, et qu'elle l'avait fait en raison de la forte confiance spirituelle qu'il avait réussi à lui insuffler. Yune la laissait parler jusqu'à ce qu'il pense qu'il était temps de lui faire une remarque ; une remarque qui l'apaiserait tout en renforçant son sens d'appartenance aux douze. Mon souvenir préféré de leurs entrevues est celui du jour où Yune réussit à lui apprendre à pratiquer le zikr et, en moins d'une heure, à tournoyer.

Bien que d'une nuance plus profonde et plus sombre, les cheveux de Leen ressemblaient à ceux de Fida, son arrière-grand-mère et son visage portait quelques marques des mêmes taches de rousseur claires. Ce jour-là, elle portait une robe longue en coton.

« Je repense souvent à ce que tu m'as dit. »

Yune concentra son attention sur le journal. Leen alluma une cigarette.

« Tu sais que je ne dors pas. Je n'ai jamais parlé de cela à personne. Mon mari dit que c'est sain de ne pas dormir. Lorsque je ne peux pas dormir, je devrais me lever et prier. Il dit que c'est ce qu'il ferait, mais il ne me demande jamais pourquoi je n'arrive pas à dormir. »

Elle tourna la tête vers la fenêtre de gauche et souffla la fumée dans cette direction.

« Tout d'abord, c'est le bruit. Tous les objets émettent un bruit, tu sais. Je sors du lit et je cherche les sources du bruit. Je commence par ce qui est évident, comme l'horloge au mur, le robinet qui fuit, et même le réfrigérateur. Parfois j'entends l'électricité qui parcourt les murs. »

Yune posa le journal.

« Alors j'allume la lumière. Il s'ensuit quelques secondes d'un silence merveilleux. Mais lorsque je retourne au lit, je découvre le bruit qui me hantait depuis le début. Son bruit à lui, près de moi. Que peut-on faire quand on découvre un bruit qui nous rappelle toutes les fois où l'on a été réduite au silence ? Chacune de ses respirations me rappelle toutes les fois où j'ai l'impression de ne plus pouvoir respirer.

Mon second voyage commence alors. Cette fois, c'est d'air dont j'ai besoin. Je fais le tour de la maison en ouvrant les fenêtres. Il n'y a pas d'oxygène dans la maison. Je me recouche. A présent je peux respirer, mais le bruit des voitures et des camions entre par les fenêtres ouvertes. Parfois j'entends même des avions.

Les amis proches, la famille viennent me voir. Je ne sais pas de quoi ils se rendent compte. Font-ils attention à moi où à lui ? Ils disent que je devrais être patiente, pourtant je n'ai jamais parlé de mon impatience. Mais je me demande s'ils pourraient vivre sans jamais pouvoir dormir. D'autres disent que c'est de ma faute, parce que je ne me défends jamais ; ils disent que je ne fixe pas de limites. Je pourrais fixer des limites, bien sûr. Mais lesquelles ? Les gens fixent des limites dans les compagnies. Les patrons fixent des limites aux employés. Mais doit-on vraiment fixer des limites à celui avec qui on dort ? Ou plutôt avec qui on n'arrive pas à dormir ? »

Pendant tout ce temps, Yune regardait le sol.

Finalement, il se tourna vers elle.

« Je sais comment faire taire le bruit. »

Leen se leva et avança vers la fenêtre. Elle se tenait maintenant devant lui et se concentrait sur ce qu'il disait.

« On appelle ça le temps du repli. »

« Le temps du repli ? »

« Lorsque tu es couchée, ferme les yeux, respire profondément et répète, pas avec la langue, mais avec le cœur. »

« Que dois-je répéter ? »

« Dieu est avec moi. Il m'observe. Il me voit. »

Leen répéta les mots comme Yune les avait prononcés, comme une répétition de ce qu'elle allait faire le soir.

« Tu verras alors le nom de Dieu gravé dans ton cœur d'une lumière blanche. Le moment arrivera ou tu entreras dans le temps du repli. »

« Qu'est-ce que le temps du repli ? »

« C'est lorsque tu perds la perception du bruit, du temps et de l'espace. »

« Que se passe-t-il ensuite ? »

« Ça, il faut que tu en fasses l'expérience. »

« Que se passe-t-il pour toi pendant le temps du repli ? »

« Je vois le Christ qui apparaît soudain. Parfois il apparaît la nuit. Parfois il apparaît à midi. Parfois il y a beaucoup de gens. Parfois je suis seul. »

Leen prit sa souris et cliqua sur « *play* ».

« Il faut que tu écoutes cette chanson. Je ne sais pas pourquoi, mais elle me rappelle toujours les choses dont tu me parles. »

C'était une chanson des Beatles.

> *Les mots s'envolent comme une pluie*
>
> *Sans fin dans une tasse en papier*
>
> *Ils glissent en passant*
>
> *Ils disparaissent à travers l'univers*
>
> *Des mares de chagrin, des vagues de joie*
>
> *Dérivent dans mon esprit ouvert,*
>
> *Me possédant et me caressant.*

Yune se leva, poussa la table contre le mur et, comme Nouri l'avait jadis fait en sa présence, il se mit à tournoyer lentement.

> *Jai guru deva om*
>
> *Rien ne changera mon monde*

Il regarda Leen qui se tenait debout à l'observer avec stupéfaction.

> « N'hésite pas. »
>
> Et Leen n'hésita pas.
>
> *Rien ne changera mon monde*
>
> *Rien ne changera mon monde*
>
> *Rien ne changera mon monde*

Alors qu'ils étaient tous deux en train de tournoyer dans le petit bureau de Leen, Rakan entra soudain. Son visage devint rouge. Il n'était pas content, mais il ne dit rien.

Onze

Yune n'avait pas réussi à identifier le onzième disciple jusqu'au jour où un homme entra dans son bureau. Ses yeux étaient d'un vert éclatant qui allait parfaitement avec la couleur de sa veste.

« Asseyez-vous, je vous en prie. Que puis-je faire pour vous ? »

« Je ne serai pas long. Je suis venu vous dire d'arrêter de chercher. C'est moi le onzième. »

« Le onzième ? »

« Oui, je suis le onzième. J'ai été choisi par Celui que vous attendez. Et je serai présent lorsqu'il viendra. »

L'homme prononça ces paroles puis s'en alla, laissant Yune en larmes.

VII. Le signe de Jonas

1

« Qu'est-ce que tu veux dire par "il ne brille pas" ? »

« Tout simplement qu'il ne brille pas, Risha. »

« Mais, Raqeem, c'est le septième cylindre, le dernier, et les disciples ont tous été identifiés. Ils sont prêts à être là lorsque "Damas sera reconstruite". Donc, à présent il faut savoir quand exactement cela doit arriver. »

« Eh bien, Yune semble penser que ce sera le 24 décembre 1999 ! Il fait le tour des disciples pour les prévenir, et il a même commencé à organiser l'événement. »

« Quel événement ? »

« La nuit du retour du Christ à ce qu'il croit. Il a imaginé une cérémonie œcuménique pendant laquelle il est convaincu qu'un invité inattendu va venir. »

« Mais pourquoi 1999 ? »

« Peut-être parce qu'il pense que c'est la dernière année du millénaire. »

« Il se trompe d'un an, tu sais. La dernière année du millénaire, c'est 2000 ! »

« Peut-être qu'il se fie à un calendrier interne. »

« Tout ça sans instruction ? »

« Rien ne brille, Risha. »

Omar Imady

La Grande Mosquée – vendredi 24 décembre 1999

Pendant toutes les années que Yune passa à l'UNESCO, il y eut deux périodes pendant lesquelles il ressentit comme une chance de travailler dans cette organisation : la première lorsqu'il entreprit la recherche des disciples, et la seconde lorsqu'il se rendit compte que l'UNESCO était l'institution parfaite pour planifier et exécuter une cérémonie inter-confessionnelle à la Grande Mosquée de Damas. L'UNESCO s'occupe essentiellement de culture, et qu'est-ce qui aurait pu surpasser la portée culturelle d'un tel événement ? La liste des VIP était longue et impressionnante. Elle incluait le ministre de la Culture, sous les auspices duquel l'événement devait se dérouler, des ambassadeurs étrangers, et les chefs de toutes les organisations internationales basées à Damas. Une estrade de bois fut placée dans la cour de la Grande Mosquée, et on fit les préparatifs nécessaires pour que le Minaret du Christ soit baigné de lumière à minuit pile. Yune obtint toutes les autorisations, mais il voulait beaucoup plus. Au sommet de sa liste de demandes, il voulut qu'on se débarrasse de l'affreux local électrique accolé au mur extérieur sud, où un linteau marquait toujours l'emplacement de la porte centrale, à présent condamnée, de ce qui fut autrefois la cathédrale de Jean. Il voulait aussi que l'on rétablisse l'intégralité de l'inscription sur le linteau : « Ton royaume, ô Christ, est un royaume éternel, et Ta domination s'étend de génération en génération ». Yune considérait la préservation de cette inscription comme bien plus importante que les tristement célèbres figues de Baal de Hans. Que tous les fanatiques des quatorze derniers siècles n'aient pu l'identifier et la faire disparaître ne pouvait que confirmer, dans l'esprit et le cœur de Yune, qu'il s'agissait bien là du site de la venue du Christ. Mais le local électrique resta en place, et le fonctionnaire du ministère de la Culture avec qui Yune organisait l'événement le mit en garde contre le fait d'insister sur une telle ineptie qui pouvait mettre en danger tout le projet.

Il y avait une requête que Yune cacha à tout le monde. A la base du Minaret du Christ, une porte conduisait par un passage à la cour de la mosquée. Elle était presque toujours fermée, surtout depuis que les *muezzins* et ceux qui étaient chargés de l'appel à la prière n'avaient plus besoin de monter en haut des minarets cinq fois par jour, grâce à l'électricité, aux magnétophones et aux microphones. Yune voulait qu'on laisse cette porte ouverte, non pas parce qu'il croyait qu'un simple verrou représentait un obstacle à l'entrée du Christ, mais par ce qu'il considérait comme plus respectueux de laisser la porte ouverte, comme témoignage de bienvenue au Christ. Yune en parla donc à Nabil qui s'assura discrètement qu'elle resterait ouverte.

Yune pouvait visualiser l'ensemble de l'événement dans son esprit. Il voyait le Christ arriver, porté par des anges comme le prophète de l'islam l'avait annoncé. Dans la plupart de ses visions, cela se produisait le soir. Des gouttelettes d'eau comme de magnifiques perles couleraient de ses cheveux, témoignant qu'il était bien l'Oint du Seigneur. Il descendrait alors les marches et entrerait dans la mosquée. Une fois à l'intérieur, il s'approcherait du sanctuaire de Jean. Yune le voyait debout près du sanctuaire, les yeux fermés. Pus tard, après avoir fait la prière de l'aube, il sortirait de la mosquée avec ses disciples. Sa vision de l'événement ne posait qu'un problème. Il voyait le Christ sortir par la porte au-dessus de laquelle était gravée l'inscription en grec. En sorte, une sortie royale. Mais cette porte avait bien sûr été obstruée lorsqu'elle avait été intégrée au mur méridional de la mosquée. Le simple souhait de l'ouvrir ferait passer Yune pour fou aux yeux de la plupart des Damascènes !

Des représentants de toutes les dénominations chrétiennes possibles furent invités à lire les passages des Écritures concernant la naissance du Christ dans les cinq langues liturgiques. On réciterait la naissance du Christ dans le Nouveau Testament en arabe, en grec, en latin, en arménien, et en syriaque. En plus, la naissance du Christ serait lue par deux récitants musulmans du Coran, l'un lisant des versets de *la Famille de 'Imrân*, et l'autre, des versets de *Marie*. En tout, sept récitants seraient assis sur l'estrade, cinq chrétiens et deux musulmans. Des enfants vêtus de blanc et portant des roses blanches se tiendraient devant l'estrade ainsi qu'à droite et à gauche. On installa une centaine de chaises dans la partie ouest de la cour pour que la plupart des invités puissent voir le haut du Minaret du Christ. Pour une raison ou une autre, Yune décida de ne servir qu'une boisson gazeuse au gingembre, peut-être parce que le Coran faisait allusion à une telle boisson au paradis.

Les douze disciples, Yune inclut bien sûr, purent assister à l'événement à différents titres. Mais des huit d'entre nous, seulement Risha et moi étions présents, déguisés en membres du corps diplomatique. Mes six autres compagnons avaient eu raison de remarquer que rien de tout cela n'avait été inspiré par Wahi et que, puisqu'aucun cylindre n'avait brillé, et qu'il n'y avait eu aucun message pour dire clairement ce qu'il fallait faire, ils resteraient simplement dans leur caverne ! Ils ne furent pas les seuls à boycotter l'événement. De toute la famille de Yune, seul son père accepta de s'y rendre. Pour Amanda, il ne s'agissait que d'une distraction que Yune avait inventée pour échapper à ses responsabilités envers sa famille, et Maryam n'arrivait pas à saisir les implications spirituelles de l'événement.

Yune portait un élégant costume blanc. Il était ce soir-là en tout point saisissant. Du moins c'est ainsi que Risha ne cessait de faire référence à lui. Yune monta sur l'estrade et ajusta le microphone, marquant soudain un temps d'arrêt. Je me demandais s'il se souvenait d'avoir un jour rêvé qu'il se tenait sur une estrade semblable dans la cour de la Grande Mosquée. Dans le rêve, il s'éveillait juste avant de prendre la parole. Mais là, ce n'était pas un rêve. Après avoir souhaité la bienvenue à tous et signalé l'aide de l'UNESCO et du ministère de la Culture pour que l'événement soit un succès, Yune surprit tout le monde en choisissant de réciter le passage d'un poème qu'il avait écrit peu de temps après la mort de Nouri.

Ainsi vous avez choisi d'attendre.

Pour affirmer qu'il n'est pas trop tard pour se mettre à l'écart.

Qu'ils portent la croix.

Clouent les sourires de l'innocence.

Percent le souffle de la pureté.

Et distribuent les habits de lumière.

Pas vous.

Vous fermez les yeux et rêvez du jour où –

Où l'Étoile d'Orient réapparaîtra.

N'ayant jamais fait l'expérience de la mort.

Pour rendre à la Terre son printemps oublié.

Pour nous rendre notre alliance de mariage.

Ainsi vous avez choisi d'attendre.

Yune retourna s'asseoir au premier rang, et les magnifiques récitations commencèrent, calculées pour se terminer peu avant minuit. Risha était très belle ce soir-là. Elle portait un diadème avec une rangée de fleurs d'émail vert, une robe en velours vert sapin, et un collier de perles. Lorsque la dernière citation, tirée de Marie, commença, elle avait l'air complètement sidérée.

Et mentionne le récit de Marie dans ce Livre

Lorsqu'elle quitta sa famille et partit vers l'Orient... Nous lui avons envoyé Notre Esprit sous la forme d'un homme parfait.

Elle dit : Je cherche protection contre toi, Auprès de Dieu, le Miséricordieux !... Il répondit : Je ne suis que l'envoyé de ton Seigneur, Pour te donner un garçon pur.

Elle dit : Comment aurai-je un garçon Alors que nul homme ne m'a touchée et que je n'ai jamais été dépravée ?

La récitation de Marie se termina avec ces mots prononcés par l'enfant Christ :

Et que la Paix soit avec moi, le jour de ma naissance, et le jour de ma mort, et le jour de ma résurrection.

Sur ces mots les récitations prirent fin. Je me tournai vers Risha et murmurai : « Je ressens une tension. » Elle parut surprise et ne répondit pas. Lorsque, quelques minutes plus tard, le Minaret fut baigné dans la lumière sur un fond de ciel de nuit, tous se mirent à applaudir, tous sauf Yune et onze autres qui fixaient des yeux le Minaret, attendant que quelque chose se produise qui ressemblât, même de loin, à l'image qu'ils avaient de la Seconde Venue du Christ. Mais seuls les serviteurs qui apportaient les plateaux de boissons gazeuses au gingembre arrivèrent. Et, alors qu'on servait à boire, Risha et moi vîmes Yune rapidement quitter les lieux. Alisar le remarqua aussi et le suivit rapidement alors qu'il sortait de la mosquée par la porte ouest.

Yune tourna à gauche, puis à droite se dirigeant vers la Rue Droite. Il courut pendant quinze minutes jusqu'à ce qu'il arrive à l'Arc romain, tout près d'al-Maryamiyah, ou l'église de Sainte-Marie. Il y avait là un arc romain. Un petit minaret blanc était accroché à l'arc. Pendant ses promenades dans le Vieux Damas, Yune avait remarqué ce minaret et avait pensé que peut-être il s'agissait du vrai Minaret du Christ. Yune y arriva le souffle court. Alisar se tenait à quelques mètres derrière lui, ses chaussures à la main. Il regarda en l'air, puis autour de lui, comme pour s'assurer qu'il n'avait rien laissé passer. Peut-être le Christ était-il déjà arrivé ? Peut-être se tenait-il près du trottoir ? Peut-être était-il déçu que personne n'ait été là pour l'accueillir ? Yune se mit alors à courir de nouveau. Il parcourut 700 mètres en direction de Bab Sharqi, ou la Porte de l'Est. C'était le dernier endroit possible. Un autre petit minaret blanc s'élevait au-dessus de la Porte de l'Est. Yune scruta l'endroit une nouvelle fois. Mais là non plus, il n'y avait personne d'autre que lui. Derrière lui Alisar l'appela. « Yune, arrête, s'il-te-plaît, arrête. » Elle se précipita vers lui, le prit par la main et l'entraîna avec elle.

2

Les événements qui suivirent immédiatement cette nuit-là racontent une histoire dont je n'aime pas me souvenir. L'histoire d'un homme que mes compagnons et moi-même avions aidé à éduquer et préparer, et qui se brisa et se fracassa comme un vase de cristal heurtant le sol. Yune avait entrepris le voyage jusqu'au Minaret du Christ comme il avait jadis entrepris celui de Narvik, et n'avait trouvé là-bas que lui-même, et aucune autre voix que la sienne.

Bien sûr, pour ceux qui voyaient dans cet événement une célébration interreligieuse, ce fut un grand succès. Mais pour ceux qui croyaient en Yune, l'événement fut le moment le plus décevant de leur vie. Et les jours qui suivirent apportèrent leur lot de souffrance et de déception. C'est Rakan, son assistant, qui fournit l'essentiel des arguments pour le vilipender. Ainsi, Yune devenait un coureur de jupons qui dansait dans son bureau avec des femmes mariées, et passait des heures à partager ses opinions hérétiques avec des étrangers ! Yune était beaucoup trop sensible pour faire front à tout cela, et sa démission de l'UNESCO ne surprit personne. On accusa aussi Yune d'avoir attribué à Nouri des paroles qu'il n'avait pas prononcées. Rakan avait un exemplaire de *L'Évangile de Damas* que Yune avait partagé avec tous les disciples, et il en fit part à plusieurs connaissances de Nouri qui malheureusement tombèrent dans le piège et accusèrent Yune d'avoir falsifié ses paroles. Tous savaient fort bien que Yune avait été très proche de Nouri pendant les deux dernières années de sa vie, et ce seul fait aurait dû les rendre prudents quant aux accusations qu'ils portaient. Les disciples, sauf Rakan bien sûr, furent les seuls à ne pas participer à tout cela. Ils étaient déçus, mais leur cœur restait fidèle en dépit des idées contradictoires qui bruissaient dans leur tête.

A la mort de Nouri, il avait fallu trois jours à Yune pour reprendre une activité normale. Cette fois-ci, il lui en fallut quarante. Après ces quarante jours de deuil, Yune redevint responsable, mais toute joie et tout rire semblaient avoir été arrachés de son cœur. Après avoir occupé un des postes les plus élevés des Nations Unies en Syrie, Yune finit par se convertir en un simple enseignant dans un lycée international. Il posa sa candidature à temps pour commencer au semestre de printemps. Beaucoup de disciples, après avoir surmonté leur déception initiale, firent de leur mieux pour le consoler. Ils essayèrent aussi de voir s'il pouvait expliquer ce qui s'était passé. Mais Yune n'était pas en état de fournir d'explication à qui que ce soit. Et, quelle que soit l'aide qu'on lui proposait, il la rejetait fermement.

Pendant la journée, Yune était déchiré entre deux sentiments contradictoires. D'abord, il se sentait déçu. Parfois même, il se sentait trompé qu'on lui ait fait croire à quelque chose de remarquable. Il s'agissait d'une vision qu'il n'aurait pas adoptée sans toute une série d'événements qu'il pouvait faire remonter jusqu'aux histoires que lui racontait Maryam pour l'endormir. Puis il y avait l'autre sentiment, le sentiment qu'il avait dû être si arrogant, si hypnotisé par un sens exagéré de sa propre importance, pour concevoir l'idée qu'il pouvait jouer un rôle dans la Seconde Venue du Christ et pire que tout, agir en conséquence.

Pendant la nuit, Yune devait faire face à un sentiment différent, qui l'obligeait à explorer les limites de l'insomnie. Yune, qui jadis enseignait aux autres comment s'endormir, fixait à présent le plafond. C'était un sentiment de nostalgie. Nouri lui manquait et, de plus, la vision de la Venue du Christ de Nouri lui manquait. La foi en cette vision lui manquait ; la douceur qu'elle lui apportait lui manquait ainsi que l'optimisme et le sentiment d'avoir un but. Tout cela lui manquait, et il n'est pas facile de s'endormir lorsqu'on est envahi par la nostalgie.

Pendant tout ce temps-là, le septième cylindre ne luisait pas. J'ai souvent eu envie de demander une explication à Wahi. Une fois, je lui ai même envoyé un message. Mais il n'a pas répondu, et j'ai pensé qu'il aurait été trop impoli d'insister. Mes compagnons et moi-même sommes retournés à des tâches qui ne comportaient pas de rouleaux dorés, et aucun d'entre nous, à l'exception parfois de Risha, ne s'est lancé dans une discussion concernant Yune. J'appréciai ce silence, car j'avais compris que c'était par respect pour moi. Mes compagnons ne savaient que trop la place que Yune occupait dans mon cœur, et aucun d'entre eux ne voulait dire quoi que ce soit d'indélicat ou de condescendant.

❖

Ainsi les années passèrent. La plupart des prédictions de Nouri se produisirent. Le nouvel Empire romain, ou l'Union des Nations Libres (UNL) comme on l'appela, grandit dans des proportions jusqu'alors inconnues dans l'histoire de l'humanité, et tous ses ennemis furent mis en échec. Mais je m'intéressais plus à ce qui concernait Yune. Ce qu'autrefois j'avais fait par sens du devoir, je le faisais à présent simplement parce qu'il me manquait. Combien de fois me suis-je assis pour observer Yune projeté sur le mur de ma caverne ! Il avait été brisé, mais à présent morcelé, il était devenu beaucoup plus humble. Cette confiance presque arrogante due à sa conviction d'avoir été choisi pour une tâche importante avait complètement disparu.

Avec le temps, il fit construire une maison sur le terrain qu'il avait jadis acheté dans la Ghuta, le désert biblique de Damas, et il se mit à y passer ses soirées, surtout à méditer et réfléchir, et à se promener dans son jardin. Mais en fait, son dévouement à sa famille et son désir d'accomplir son devoir de mari et de père s'accrurent. Toute l'amertume qu'il avait nourrie envers Amanda avait également disparu. Comment pouvait-il la juger pour s'être absorbée dans la quête d'un mode de vie qui lui apportait la paix, alors que lui-même s'était absorbé dans une vision qui s'était révélée n'être que le fruit de son imagination ? En un sens, Yune avait fini par devenir un enfant, comme il l'avait jadis écrit dans ses poèmes, non pas parce qu'il trouvait l'idée poétique, mais parce qu'il avait été réellement transporté de la gloire espérée de cette nuit-là aux « coins oubliés » de sa maison de la Ghuta.

Il restait, bien sûr, un cylindre, et Risha et moi-même étions arrivés chacun de notre côté à la conclusion qu'il devait contenir un message nous invitant à être présents lorsque Yune finalement mourrait, comme pour lui dire au revoir. Pourquoi tout cela avait-il dû se passer, pourquoi avions-nous dû remplir toutes ces missions en rapport avec Yune, voilà une question à laquelle aucun de nous ne pouvait répondre. Mais les anges ne sont pas des êtres humains. Nous savons accepter les mystères.

Notre humilité innée finalement prend le dessus. La création même d'Adam fut pour nous un mystère, et la façon dont la plupart des êtres humains se sont comportés depuis ne nous a pas aidés à comprendre le but exact de cette création.

Au début de l'année 2020, un mouvement spirituel attira l'attention des médias. Il avait attiré ma propre attention quelques mois plus tôt, car un représentant de ce mouvement se présenta chez Yune à la Ghuta un soir de décembre, sans avoir été invité et de façon complètement inattendue.

« Hans. Hans Siebold. Qu'est-ce qui t'amène ici ? »

« Yune, mon maître, je viens te faire part de quelque chose de très important. »

« Je t'en prie, ne m'appelle pas comme ça. Entre. Assieds-toi mon ami. Du thé, peut-être ? »

« Oui, du thé, c'est parfait. Je ne vais pas prendre beaucoup de ton temps. Tu sais combien je suis précis. »

Yune sourit. Il avait un peu peur de ce que tout cela pouvait bien être. Mais il était si heureux de revoir un homme qui occupait une place si chère dans son cœur.

« Je suis venu te raconter une histoire dont tu n'as pas idée. Après l'événement… »

Il dit « événement » comme s'il n'était pas sûr de savoir comment faire référence à cette nuit de décembre 1999 sans bouleverser Yune.

« Nous, les onze, en fait je veux dire les dix… »

C'était un autre point sensible que Hans voulait éviter : la trahison de Rakan. Yune posa une tasse de thé vert sur une grande table ronde près de Hans.

« Merci. Donc, nous nous sommes réunis, et nous avons décidé de retourner dans nos pays respectifs et d'essayer d'oublier tout cela pendant quarante jours.

J'ai pleuré pendant quarante jours, » murmura Yune comme s'il se parlait à lui-même, et Hans pensa qu'il serait impoli de faire comme s'il l'avait entendu.

« Et si à la fin de ces quarante jours certains d'entre nous étaient passés à autre chose, nous ne nous réunirions plus. Mais si chacun d'entre nous ressentait le besoin de nous réunir, eh bien nous le ferions. Nous avons choisi Konya. Je ne me rappelle plus qui l'a proposé. Mais nous avons choisi Konya comme endroit pour nous réunir si, et seulement si nous ne pouvions pas oublier les paroles que tu avais jadis partagées avec nous. La quarantième nuit, j'étais toujours aussi passionnément convaincu de la vérité et de la lumière contenues dans *l'Evangile de Damas*. »

« Et les autres ? »

« Eh bien, je ne savais pas. Et j'ai décidé de ne pas téléphoner ni de leur demander. Tout simplement, j'irais à Konya. Et c'est ce que j'ai fait. Lorsque j'y suis arrivé, je me suis aperçu qu'Alisar et Majduleen étaient là depuis plus d'une semaine, et les autres étaient arrivés un jour avant moi. C'est là, dans le Sanctuaire de Rumi, que nous avons confirmé notre pacte. D'accord, le Christ n'était pas venu, mais Nouri n'avait pas précisé la date exacte de sa venue. Pour nous, ce n'était plus un problème. Nous retournerions dans nos pays et nous diffuserions la parole de Nouri. »

Yune semblait à présent ne pas croire ce qu'il entendait. Tout cela se passait alors même qu'il menait cette vie brisée. Tandis qu'il restait là, dans la Ghuta, incapable d'aller au-delà de sa nostalgie, les disciples se démenaient pour changer le monde.

« Ainsi nous avons commencé. Au début ce fut difficile. On invitait nos amis les plus proches et les membres de notre famille, et nous restions avec eux pour méditer et lire des extraits de *l'Evangile de Damas*. La première année fut la plus dure. Mais ensuite leur nombre ne cessa d'augmenter. Jusqu'à ce qu'il devienne évident que nous étions devenus un grand mouvement qui s'étendait sur quatre continents. »

« Combien êtes-vous ? » demanda Yune qui s'attendait à environ quelques centaines.

« Personne ne sait combien nous sommes, car Nouri ne nous a pas vraiment enseigné à avoir l'air différent. Nous parlons de nous-mêmes comme des adeptes de la religion dans laquelle nous sommes nés. Nous ne portons pas d'habits particuliers. Certains chrétiens ont d'abord pensé que nous étions une nouvelle variété de l'Unitarisme, à cause de notre insistance sur la transcendance et l'Unicité. Mais au fil des années, on a commencé à nous connaître sous le nom de Nouris ! J'ai entendu dire que nous avions environ sept millions d'adeptes et peut-être plus encore de sympathisants. »

« Sept millions ? »

« Oui. On peut en faire l'estimation à partir des entrées sur notre site web et nos blogs. Et par le nombre d'offres de la part d'agences de publicité. Bien sûr, quelques-uns de ceux qui visitent nos sites sont hostiles, mais quelques-uns seulement. »

« Je n'arrive pas à y croire. Et pourquoi as-tu décidé de venir me voir ce soir ? Pourquoi pas un des disciples syriens ? »

« Tu vois, nous nous réunissons au moins une fois par an, toujours à Konya. Nous nous sommes vus il y a quelques jours. Nous n'étions que neuf. Tu as peut-être su que Nabil est mort récemment. »

« Je ne le savais pas. » Il était évidemment très triste et quelque peu embarrassant que Hans de Cologne ait appris la mort de Nabil à Damas alors que Yune n'en savait rien.

« Ce fut une tragédie pour nous tous. Il t'aimait vraiment et a cru en toi jusqu'à la fin. Quoi qu'il en soit, il était le dernier en Syrie. Alejandra est à Madrid, Eva et Alisar vivent aux Etats-Unis, Tariq et Raydana sont à Amman, Majduleen est en Angleterre, Sofiya au Canada, et je suis toujours à Cologne bien sûr. »

« Pourquoi sont-ils tous partis ? »

« Je pense qu'ils voulaient diffuser ce message, ou peut-être avaient-ils des raisons familiales. Je n'en suis pas très sûr. Donc, tous les neuf ont voté pour que ce soit moi qui te rende visite et te fasse part de ce qui se passe. Vois-tu, l'un d'entre nous a fait un rêve. C'était Leen. Elle a rêvé que nous montions tous dans une arche magnifique. Mais notre Noé n'était pas avec nous ! » Yune était au bord des larmes.

« Nous avons donc tous décidé qu'il fallait t'inclure et commencer à te faire connaître ce grand mouvement. Et donc, me voici. »

Yune attendit quelques secondes avant de répondre.

« Hans, ta visite m'a vraiment touché. Je n'exagère pas en disant que c'est l'expérience la plus agréable que j'ai faite depuis vingt ans. Mais je ne pourrai pas rencontrer tes frères et sœurs qui partagent ta foi, car il y a en moi une blessure qui ne s'est pas refermée. Je ne voudrais pas avoir une influence négative sur eux. Je t'en prie, ne te méprends pas sur ce que je dis. Je pense vraiment que ce mouvement est béni de Dieu et qu'il vient de Sa volonté. Mais je ne suis pas encore prêt. Peut-être le serai-je bientôt, peut-être jamais. » Hans n'attendit pas que Yune ait terminé de parler. Ce n'était pas dans le caractère allemand de faire ce qu'il fit, mais il se précipita vers Yune qui était assis en face de lui et le serra dans ses bras pendant quelques secondes. Tous les deux pleuraient, comme s'ils libéraient enfin toute la tristesse de ces vingt dernières années.

Les autorités politiques ne craignaient pas les Nouris, car il n'avait aucun dessein politique. Ils se conformaient à la loi et n'auraient pas imaginé faire du mal à un animal, encore moins à un être humain. Et ils respectaient réellement les libertés et les droits de l'homme auxquels cet empire de plus en plus laïque tenait, mais ils n'en respectaient pas le matérialisme. En fait, à une époque où ceux qui fréquentaient les églises représentaient moins de 5 % en Occident, ils étaient la seule force spirituelle dynamique qui, non seulement résistait au matérialisme, mais en éloignait aussi systématiquement les gens. On n'avait pas besoin de se convertir pour devenir Nouri. Chacun gardait sa propre religion, mais ils souscrivaient tous au pacte Nouri qui entraînait d'importants changements dans la manière de comprendre leur foi et de vivre leur vie.

Au début de 2029, la paix que le monde avait pendant longtemps connue fut soudainement rompue. Un bloc de l'est de l'UNL déclara son indépendance. Sous l'autorité d'un homme sombre, mais charismatique, le bloc s'étendit. On parlait sans cesse de guerre, et l'UNL ne savait pas comment réagir. On ne pouvait pas imaginer qu'après toutes ces années, quelqu'un voudrait ne pas en faire partie, encore moins entrer en guerre avec elle. Avec les armes disponibles de chaque côté, une guerre signifierait une destruction comme jamais l'humanité n'en avait connue. L'UNL choisit donc l'apaisement, et pendant un certain temps il sembla que cela pouvait fonctionner.

En ce qui concerne les Nouris, la crise toucha leurs activités et leur mouvement. Pour les Nouris qui vivaient sous l'alliance orientale, certaines de leurs libertés furent restreintes puisque leur engagement envers leur foi était considéré comme subversif. Pour les Nouris qui vivaient dans les pays qui faisaient toujours partie de l'UNL, leurs possibilités de voyager à l'est furent très réduites.

En octobre 2031, les menaces de guerre firent leur réapparition. Cette fois-ci rien ne semblait pouvoir s'y opposer. Tous étaient d'accord pour dire qu'une guerre aurait lieu. La question était de savoir quand.

Alors que le monde se préparait à la guerre, les Nouris augmentèrent leurs activités missionnaires. Les crises économiques et plusieurs tremblements de terre dévastateurs furent autant de coups portés à la promesse illusoire du matérialisme, et facilitèrent ainsi la propagation du message de Nouri. Lorsque le bloc de l'est se décida enfin à agir au milieu de l'année 2032, ce ne fut pas sous la forme d'une attaque aux missiles. En fait, il s'agissait d'un mouvement massif de populations civiles, accompagné par un mouvement tout aussi massif de soldats se dirigeant vers l'ouest. Tout cela en réponse à un discours du chef de ce bloc, incitant à purifier le monde des principes soutenus par l'UNL. Ce mouvement humain massif devait se diriger vers l'ouest et « émanciper » toutes les villes qu'il rencontrait sur son chemin. L'ouest, bien sûr, cela voulait aussi dire Damas. L'UNL ne s'attendait pas à cela. Elle s'était préparée à répondre par une force écrasante de tous les côtés. Mais comment fait-on pour arrêter la marche de plusieurs millions de civils ? Vers la fin de 2032, le mouvement avait non seulement grossi, malgré toutes les tentatives de l'UFL pour le contenir, mais il avait aussi atteint les limites du désert syrien. L'arrivée sur Damas n'était plus qu'une question de temps.

3

La Grande Mosquée – samedi 9 avril 2033.

Sept années avant que mes compagnons et moi-même ne devions nous retirer, quelque chose d'extraordinaire se produisit. C'était un samedi matin et je venais de rentrer d'une courte mission dans la ville de Nabik, à soixante-quinze kilomètres environ au nord de Damas. On m'avait demandé de sauver un vieil homme qui vivait là, avant que la marche venue d'Orient n'y parvienne. En entrant dans ma caverne, je ressentis un besoin irrésistible de vérifier une boîte à laquelle je n'avais pas touché depuis des années. Avant même de l'ouvrir, il était évident que quelque chose luisait à l'intérieur. Je ressentis une tension intérieure. Yune était-il sur le point de mourir ? Je ne pouvais pas briser le cylindre tout seul. Je le transportais dans la caverne de Risha.

« S'il-te-plaît, tiens-toi près de moi. »

« Il luit. Il luit. Ouvre-le. »

« Je ne voulais pas le faire tout seul. »

« Tu n'es pas tout seul. Ouvre-le. »

Je pressais le centre du cylindre et il se brisa sans éclat, comme à l'ordinaire.

« Qu'est-ce qu'il y a d'écrit ? Lis-le à haute voix. » Je m'exécutais.

Sortez Jonas de la mer.

Le ciel s'ouvrira, et la terre recevra la clef qu'elle attend depuis longtemps.

Risha, Nour, Rahma, Sakinah, Mizan, Asa, Sour et Raqeem.

9-10 avril 2033 – minuit – aube.

« Écoute, il faut que je parte. Je veux que tu informes nos compagnons. Je veux aussi que tu fasses venir tous les disciples à la Grande Mosquée à minuit. Les vols depuis l'Europe sont faciles à organiser. Pour l'Afrique et l'Asie, c'est moins sûr. Ecoute, si c'est nécessaire, toi et nos compagnons avez l'autorisation de les amener directement à Damas où qu'ils se trouvent. Je me charge de Yune. »

« D'accord. Ne t'inquiète pas, je me charge de tout. Mais Raqeem, ils sont onze et non pas neuf. »

« Rakan n'en fait plus partie, et Nabil est mort récemment. »

« Oui, je sais. Mais on a demandé à Nour de remplacer les deux qui manquaient. Je ne devais pas t'en parler, mais à présent tout a changé. »

« Qui les remplace ? »

« Elle n'a pas voulu le dire. Je pensais qu'il s'agissait simplement de faire en sorte que le mouvement des Nouris continue. Je ne me doutais pas que les disciples se réuniraient une nouvelle fois à la Grande Mosquée. »

« Moi non plus, Risha. Pas une seule fois je n'ai imaginé que cela pourrait se produire. Écoute, je dois m'assurer que tout est en ordre à la Grande Mosquée. Une heure ou deux avant minuit, il faut que j'y amène Yune. »

« D'accord. Ne t'inquiète pas, nous y serons tous. »

Nous nous sommes regardés pendant un instant comme si nous venions de réaliser que le plaisir de faciliter tout ce qui touchait à Yune nous était soudain rendu.

Pendant les dix heures qui suivirent, mes compagnons firent le tour du globe influant sur les disciples et, lorsqu'il le fallait, leur faisant faire des voyages qu'ils auraient bien du mal à oublier. J'agissais également sur les nettoyeurs de la Grande Mosquée pour qu'ils nettoient les tapis et la cour extérieure comme jamais ils ne l'avaient fait.

J'étais enfin prêt à quitter le vieux Damas et à me rendre chez Yune dans la Ghuta lorsqu'une Mercedes noire aux vitres teintées s'arrêta près de moi.

Une fenêtre se baissa. « Puis-je te conduire ? » C'était Wahi.

« Tu es vexé ? »

« Pas du tout, » répondis-je en montant sur le siège avant. »

« Où vas-tu ? »

« Dans une maison de la Ghuta. »

J'avais tant de questions à poser que je ne savais pas par où commencer. Mais Wahi interrompit mes pensées.

« J'espère que tu comprends que parfois on ne peut pas tout te dire, même à toi, car cela aurait un effet sur ta façon de percevoir l'événement. Il était important que tu ressentes de la tristesse et de la déception. Inconsciemment, le cœur de Yune est lié au tien. Même s'il n'en a pas conscience, il existe un lien émotionnel entre vous deux. Si tu avais eu connaissance de ce qui doit se passer ce soir, il aurait ressenti ton soulagement. »

Je n'ai pas pu m'empêcher de le couper. « Quel mal y a-t-il à ce qu'il ressente un peu de réconfort ? » Au moment où je posais cette question, je me rendis compte que nous étions arrivés chez Yune, et que Wahi avait garé la voiture devant le grand portail vert.

« Parce qu'il fallait qu'il soit brisé. On ne peut pas recevoir le Christ en triomphant. Oui, sa venue est triomphale, mais ceux qui sont supposés l'accueillir devaient subir cet effondrement. Quant à Yune, lui aussi devait subir cette impression constante d'être enveloppé dans une sorte de sombre aliénation que lui seul pouvait voir. Aussi difficile que ce pût être, il ne s'agissait pas réellement d'une baleine ! »

« Une baleine ? »

« Oui, souviens-toi, Yune est Jonas ! »

Cette connexion évidente m'avait complètement échappé.

« Pour chaque jour passé par Jonas dans le ventre de la baleine, Yune a dû passer onze ans dans l'affliction, le désespoir et la solitude. Lorsqu'on a demandé un signe au Christ, il a répondu : « Aucun signe ne sera donné hormis le signe de Jonas. » Cela fut prononcé par le Christ qui avait donné tant de signes, dont celui de Lazare. Mais il ne parlait pas d'un événement qui se tiendrait à Jérusalem il y a deux mille ans. Il parlait d'un événement qui aurait lieu deux mille ans plus tard. Les trente-trois années passées par Yune à vivre en homme brisé dans le désert de Damas et son départ ce soir pour être présent à la Grande Mosquée, voilà le signe de Jonas dont le Christ parla un jour.

Mais pourquoi 2033 ?

« Il y a deux mille ans, en fait à une semaine près aujourd'hui, le Christ s'éleva au-dessus d'une Jérusalem qui ne sut pas apprécier ce don du Christ. Lorsqu'il arrivera demain, ce sera l'anniversaire de son entrée triomphale dans Jérusalem. Te rends-tu compte que demain c'est le jour des Rameaux ? »

« ... »

« C'est aussi celui de la Ashura, le 10 de muharam, ainsi que le jour où Noé fut sauvé du déluge, Abraham de Nimrod et Moïse du Pharaon. »

« Embarrassé de ne pas avoir pu faire tous ces rapprochements je regardai ma montre. »

« C'est 11 h 30. »

« Oui, je t'en prie, va frapper à la porte et demande-lui de venir avec nous. »

« Dois-je lui expliquer ? »

« Non, frappe simplement à la porte et demande-lui poliment. Il ne résistera pas. Il s'est senti anxieux toute la journée. Il n'a pas ressenti une telle impression d'attente depuis... »

« Trente-trois ans ? »

« Oui. »

J'ai frappé à la porte. Yune a ouvert si rapidement qu'il m'a semblé qu'il devait se tenir juste derrière la porte.

« Voulez-vous bien venir avec moi ? »

Yune me fixa du regard pendant quelques secondes. C'était la première fois que nous nous rencontrions face à face. Il était toujours très beau et paraissait étonnamment jeune.

« Oui, je vais chercher ma veste. On dirait qu'il va pleuvoir. »

Yune s'installa à l'arrière de la voiture. Wahi l'accueillit avec un sourire majestueux et dirigea la voiture vers le vieux Damas. Alors que nous arrivions à la rue de la Citadelle qui conduit directement à la Grande Mosquée, j'observai Yune dans mon rétroviseur. On aurait dit qu'il comprenait tout cela bien mieux que je ne l'aie jamais compris moi-même.

Puis nous sommes arrivés. Wahi gara la voiture près de la Porte Est et nous fit signe de le suivre. Il marcha vers la gauche jusqu'à la rue parallèle au mur méridional de la mosquée, la rue qui conduit au Minaret du Christ. La pluie tombait à verse à présent, mais aucun de nous ne semblait s'en soucier. Je levai les yeux et je vis que le ciel était plein de nuages très bas ; un spectacle dont j'avais l'habitude sur le mont Hermon, mais pas à Damas.

Yune marchait tout près de moi. Je me demandais s'il savait déjà combien il était cher à mon cœur.

« J'entends ma mère chanter, » me murmura-t-il.

« Que chante-t-elle ? »

« Mes yeux ont vu la gloire de la venue du seigneur »

Je souriais. Il était sur la bonne voie.

Puis soudain, nous nous sommes arrêtés tous les trois, le regard frappé d'effroi. Là où le transformateur se trouvait jadis, il n'y avait que des gravats. Les grosses pierres qui avaient bloqué la porte pendant plus de quatorze siècles étaient réduites en poussière. L'inscription grecque sur le linteau au-dessus de la porte semblait de nouveau inscrite en lettres d'or. Une lumière blanche brillait à l'intérieur de la mosquée, assez intense pour illuminer l'espace juste à l'extérieur de la porte. Mes sept compagnons et les disciples se tenaient des deux côtés de la porte. Aucun d'entre eux n'était entré. Il attendait l'arrivée de Yune. En plus des neuf, Maryam et Amanda se tenaient près de Nour dans leur manteau bleu ciel et se tenaient la main en souriant comme si elles avaient toujours su qu'elles seraient là. Certains rougissaient. D'autres étaient trop éblouis pour exprimer ce qu'ils ressentaient. D'autres encore rayonnaient de joie. Risha et Majduleen tournoyaient. Alisar pleurait. Hans et Tariq s'approchèrent de Yune et lui tapotèrent affectueusement l'épaule. Mizan se tenait le plus près de l'entrée. Il regarda Yune et lui dit de sa voix royale : « Il est arrivé. Il a descendu les marches du minaret, et il est à présent dans la mosquée et se dirige vers le Sanctuaire de Jean. » Wahi prit Yune par la main et le conduisit à l'intérieur, dans la lumière.

Pendant les sept jours qui suivirent, le Christ et ses adeptes dont la grande majorité était des Nouris, mirent en déroute les soldats de la mort et de l'apocalypse et, plus tard, firent tomber les idoles du maté-rialisme. Lorsque le jour où mes compagnons et moi-même devions nous retirer arriva, la Terre avait subi une révolution spirituelle. Mais ce n'est pas l'histoire qu'il m'a été donné de raconter. Mon histoire est celle du Cheval de Feu. Un Cheval de Feu qui autrefois avait conduit Elias jusqu'au ciel. Lorsque le Christ revint, un Cheval de Feu l'atten-dait pour l'accueillir.

L'Evangile de Damas

Omar Imady

L'Epître d'Eliézer

L'Epître d'Eliézer

Il s'agit d'une histoire sacrée de Damas compilée par le rabbin
Eliézer et envoyé au rabbin Isaac d'Alep

Bien que Damas ne soit absolument pas la Jérusalem de la tradition judéo-chrétienne ni la Mecque de la tradition islamique, elle est constamment évoquée dans la littérature sacrée juive, chrétienne et islamique. Le langage et le contexte de ces références sont si étonnamment signifiants que la suprématie des villes sacrées du judaïsme, du christianisme et de l'islam semble être remise en question, ce qui incite certains commentateurs classiques soit à marginaliser ces références, soit à les considérer comme de simples métaphores. Les références les plus significatives sont peut-être celles qui attribuent à Damas un rôle spécifique dans l'eschatologie juive, chrétienne et islamique, celui de l'apparition du Messie, du Christ. En fait, c'est Damas en tant que cité du Christ et non Jérusalem ou La Mecque qui représente la promesse d'un renouveau spirituel à la fin des temps. En tant que telle, l'histoire sacrée de Damas constitue un lien significatif, et pourtant peu souligné et documenté, entre les trois grandes religions monothéistes.

Dans *La Vie des Saints*, plus connue sous le nom de *Légende dorée*, un ensemble de traditions sacrées compilées par Jacques de Voragine, on peut lire qu'Adam ainsi que tous ses descendants, sont liés à Damas de façon très organique : « … L'homme fut créé sur la terre de Damas. » Non seulement Damas fournit la terre dont le premier homme fut fait, mais c'est aussi le lieu de la première communauté humaine. « Ainsi Adam fut rejeté du Paradis, et placé sur la terre de Damas d'où il avait été créé, pour y travailler la terre. »

Damas est le lieu où Caïn tua Abel. Dans le *Haggadah*, ou l'ensemble de traditions et de légendes du Talmud, on peut lire : « La famille de Caïn habitait sur la terre de Damas, l'endroit où Abel fut tué par Caïn. » Dans *Kunz al-'Ummal*, un vaste ensemble de traditions prophétiques islamiques, avec des degrés d'authenticité variables, on peut également lire : « Je voudrais être, en ce moment, dans le désert de Damas pour visiter le lieu où les prophètes ont sollicité l'aide de Dieu, le lieu où le fils d'Adam tua son frère. »

Les sources ne donnent pas de lien entre Damas et Noé et le Déluge. Il existe cependant un ouvrage attribué à Shem, le fils de Noé et un des sept patriarches du monde, qui inclut des références à Damas. *Le Traité de Shem* est un almanach astrologique connu grâce à un manuscrit syriaque du XVe siècle. Apparemment, il s'agit de la seule source dans la catégorie des pseudépigraphes de la Bible en hébreu qui contienne des références à Damas : « Et des voleurs se réuniront dans le Hauran et à Damas… » et « Il y aura une maladie à Damas et dans le Hauran. » Ces références sont cependant nettement apocalyptiques et n'éclairent pas le rapport, s'il existe, entre Shem et Damas.

Eber, l'arrière-petit-fils de Shem n'est pas non plus directement relié à Damas dans les textes sacrés. En revanche, le mur méridional de la Grande Mosquée de Damas porte une inscription qui stipule : « Ceci est la station spirituelle d'Eber. » Certains historiens musulmans affirment qu'Eber est enterré sous le mur à ce même endroit, et que Damas fut en fait construite par Eber, le Hud du Coran.

On trouve des connexions intéressantes entre Abraham et Damas dans plusieurs sources. Le serviteur de confiance d'Abraham, Eliézer, est décrit dans la Genèse comme « Eliézer de Damas ». Avant la naissance l'Ismaël et d'Isaac, c'était Eliézer qui devait hériter d'Abraham.

On ne sait pas comment Eliézer devint le serviteur d'Abraham. On peut supposer qu'il a été acquis par Abraham lors de son séjour ou de son règne à Damas. D'un autre côté, la Genèse semble indiquer qu'il est né dans la maison d'Abraham. En revanche, la *Haggadah* explique qu'Eliézer ainsi qu'Ogi, plus couramment connu sous le nom d'Og roi de Bashan, furent donnés en cadeau à Abraham par Nimrod, un monarque mésopotamien, après qu'Abraham eut miraculeusement échappé au feu. Ce serait lui aussi qui aurait prévenu Abraham du complot ourdi contre lui par Nimrod. C'est à la suite de l'avertissement d'Eliézer qu'Abraham a quitté Ur. Une autre tradition veut qu'Eliézer ait été le fils de Nimrod qui aurait abandonné son père après avoir vu Abraham échapper miraculeusement au feu. D'un autre côté, Og était l'un des derniers géants, le seul parmi les Rephaïm, la génération du Déluge, qui ait survécu, et le dernier des rejetons des anges déchus et des filles de Caïn. Il vécut pendant des siècles avant d'être tué par Moïse près d'Edrei pendant la marche des enfants d'Israël vers la Terre promise.

Eliézer faisait partie des 318 hommes nés dans la maison d'Abraham qui combattirent à ses côtés contre les rois qui avaient fait prisonnier Lot, mais il fut le seul aux côtés d'Abraham pendant cet événement miraculeux ; cette anomalie trouve une explication dans la valeur numérologique du nom d'Eliézer (1 + 30 + 10 + 70 + 200 = 318). Un autre récit décrit l'événement avec plus de détails. « Shem dit à Eliézer : lorsque les rois de l'est et de l'ouest vous ont attaqués, qu'as-tu fait ? Eliézer répondit : le Dieu Saint, qu'Il soit béni, plaça Abraham à sa droite, et ils lancèrent de la poussière qui se transforma en épées, et de l'ivraie qui se transforma en flèches... » Le fait que Eliézer reçoive le privilège de communiquer avec Shem indique clairement son statut spirituel élevé. Sarah, la femme d'Abraham, envoya plusieurs fois Eliézer s'enquérir de la santé de Lot. Pour ce faire, Eliézer devait se rendre dans la ville de Sodome, terre de justice et coutumes étranges. Eliézer était à la fois sage et astucieux. Lorsqu'on lui demande de payer l'homme qui l'a blessé sous prétexte qu'en fait il lui avait fait une saignée médicale, Eliézer répond en lançant une pierre au juge et disant : « Paie ma dette envers cet homme, et rends-moi la monnaie. » Lorsqu'on lui demande de s'allonger sur le lit qu'ils utilisaient pour étirer le corps d'un étranger s'il était trop petit, ou lui couper les jambes s'il était trop grand, Eliézer répond qu'à la mort de sa mère il a juré de ne jamais dormir dans un lit.

D'autres récits accordent aussi à Eliézer un statut unique dont seules neuf personnes bénéficient. « Neuf sont entrés vivants au Paradis, ce sont : Enoch, le fils de Jared ; Elias ; le Messie ; Eliézer, le serviteur d'Abraham ; Hiram, roi de Tyre ; Ebed Melech, l'Ethiopien ; Jabez, le fils du rabbin Yehuda le prince ; Bathia, la fille de Pharaon ; et Sarah, la fille d'Asher... »

Eliézer fait partie du très petit nombre des Gentils décrits par la Genèse et des sources liées à la Genèse comme ayant eu de telles qualités spirituelles. Aucun autre Gentil ne semble avoir atteint son statut. Après tout, qui, à part lui, ressemblait à Abraham spirituellement et physiquement, comme les sources l'attestent ? Le fait qu'Eliézer était de Damas renforce encore le caractère spirituel de cette ancienne cité.

Plus tard, Damas est reliée à David à travers les guerres et les conquêtes, et à Salomon, à travers la poésie. « ...Ton nez est comme la tour du Liban qui regarde vers Damas. »

Dans la période qui suit immédiatement Salomon, cette histoire est perpétuée par les figures d'Elias et d'Elisée. Elisée est un prophète biblique et coranique, que le Coran nomme al-Yasa'. Elisée fut choisi par Dieu pour succéder au prophète Elias. En fait, des trois tâches confiées à Elias – l'onction d'Hazaël comme roi de Damas, l'onction de Jehu comme roi l'Israël, et le choix d'Elisée comme son disciple et successeur ; Elias n'accomplit que la dernière. Peut-être était-il trop impliqué dans une bataille passionnée contre Ahab dont la femme phénicienne, Jezebel, cherchait à introduire le culte de Baal en Israël, ou peut-être Elias considérait-il l'onction d'Hazaël et de Jehu comme des tâches qu'il pouvait déléguer à son successeur.

Après le départ l'Elias pour le Paradis dans un chariot de feu, Elisée prend ses responsabilités en tant que prophète, dont deux sont directement reliées à Damas. La première touche à la figure de Naaman, un important général damascène proche de Ben-Hadad II, le roi de Syrie. Les victoires remportées en faveur de son peuple avaient valu à Naaman un grand respect. Certaines sources lui attribuent la mort d'Ahab pendant la bataille de Ramoth en Galaad. Mais il était atteint de la lèpre, et lorsque sa femme lui dit qu'une jeune esclave juive à leur service soutenait qu'un homme du nom d'Elisée pouvait le guérir, il décida de donner suite. Portant une lettre de son roi, Naaman rend d'abord visite au roi d'Israël, probablement Jehoram fils d'Ahab, qui se méfie de toute cette affaire. Mais Elisée envoie un message à Naaman, lui enjoignant de se baigner sept fois dans le Jourdain. Tout d'abord, Naaman se sent insulté. « Abana et Pharpar, les rivières de Damas, ne valent-elles pas mieux que les eaux d'Israël ? Si je me lave dans leurs eaux, n'en sortirai-je pas propre ? » Il s'en retourna alors en colère. Mais un de ses suivants lui conseilla de vérifier les dires du prophète et de se baigner dans le Jourdain. Naaman suivit son conseil et fut immédiatement guéri. Il rendit visite à Elisée, non seulement pour lui exprimer sa gratitude, mais aussi pour proclamer sa foi dans le Dieu d'Elisée. Il voulut également emporter avec lui suffisamment de terre de Canaan pour ériger un autel à Yahweh. Naaman demanda simplement à être pardonné pour ce qui semble avoir été une partie de sa fonction officielle. « Que le Seigneur pardonne à son serviteur lorsque mon maître entre dans le temple de Rimmôn pour y prier, lorsqu'il se penche sur ma main, et lorsque je me prosterne dans le temple de Rimmôn. » Elisée se montre compréhensif et lui dit : « Va en paix... »

Naaman est une figure damascène qui nous rappelle Eliézer. Il est respecté par son peuple, mais aussi par sa jeune esclave juive qui semble vraiment vouloir que son maître guérisse. « Si seulement mon maître pouvait être avec le prophète de Samaria ! Il le guérirait alors de sa lèpre. » Cela doit signifier qu'elle était bien traitée dans la maisonnée. Mais plus important encore, il semble que Naaman ait été choisi par Dieu avant même sa rencontre avec Elisée. En vérité, de tous les soldats syriens qui combattent contre Ahab, c'est la flèche de Naaman, alors qu'il n'était que simple soldat, qui peut pénétrer l'armure d'Ahab. Comme Jésus le soulignera plus tard, lorsqu'il cherchait à décrier l'exclusivité juive, les lépreux étaient nombreux à l'époque d'Elisée, mais Dieu choisit Naaman le Syrien comme étant le seul digne d'être guéri par Elisée. Et ils étaient nombreux à avoir assisté aux miracles accomplis par Elisée, y compris son disciple proche, mais déloyal, Gehazi. Naaman fut parmi ceux, peu nombreux, à réagir avec gratitude et foi.

« Le désert de Damas » est un terme destiné à endosser d'importantes significations eschatologiques, surtout dans l'islam qui le perçoit comme le site de l'Armageddon ou la bataille finale entre les forces de la lumière et les forces des ténèbres. Dans le Premier Livre des Rois, on peut lire : « Et le Seigneur lui dit : Va, retourne sur le chemin du désert de Damas ; ... et tu oindras Elisée, le fils de Shaphat d'Abel-Meholah, pour être prophète à ta place. » L'idée d'une entrée dans Damas inspirée par Dieu sera invoquée des siècles plus tard par la communauté de Qumran, qui utilisera un verset d'Amos pour établir leur assise biblique. « Aussi vous enverrai-je en captivité au-delà de Damas, dit le Seigneur. » En vérité, pour la communauté de Qumram, le « nouveau pacte » fut établi sur « la Terre de Damas ». De plus, pour la communauté de Qumran, un des attributs de leur chef spirituel est le fait qu'il entrera dans Damas. « L'Etoile qui viendra à Damas est l'Interprète de la Loi ; comme il est écrit, une étoile viendra de Jacob et un sceptre s'élèvera d'Israël. » Plus tard, l'ordre divin est répété à Paul : « Lève-toi, et rends-toi à Damas. » Même le Christ, dans l'Evangile de Barnabé, (un faux médiéval, mais vraisemblablement fondé sur un original perdu) voyage à Damas. « Le jour suivant arrivèrent, deux par deux, trente-six disciples de Jésus ; et il demeura à Damas en attendant les autres. Et chacun d'eux pleurait, car ils savaient que Jésus devait quitter ce monde. » Mais c'est peut-être dans *l'Epistula Apostolorum*, ou *l'Epître des Apôtres*, que l'on trouve la proclamation la plus sérieuse : « Voici, de la terre de Syrie j'appellerai à une nouvelle Jérusalem. »

Amos et Isaïe émettent tous les deux des prophéties contre Damas. Jérémie également, presque deux siècles plus tard. Mais parmi les prophéties de Jérémie contre Damas, nous lisons soudain :

« Pourquoi la cité des louanges, la cité de ma joie, ne fut-elle pas fortifiée ? » Ce verset a provoqué un dilemme chez les exégètes de la Bible. Quelle signification Damas peut-elle bien avoir pour que Dieu lui-même la décrive comme « la cité de ma joie » dans ce verset ? Rashi tente de résoudre ce problème en attribuant la voix au roi de Damas. Mais ni le verset précédent ni le suivant ne s'accordent avec une telle interprétation. D'autres attribuent le verset à Jérémie dont on dit qu'il a passé des jours heureux à Damas. Mais tout cela paraît forcé et hors contexte. Ce qui complique encore de telles interprétations est la notion de « louange » associée à Dieu et non à des idoles. Ainsi, quelques exégètes, peu nombreux, se sont aventurés à penser que le verset était prononcé par Dieu Lui-même. Le verset supposerait donc que Damas, comme Jérusalem, est puni malgré le fait que dans la ville certains expriment des louanges à Dieu, et malgré le fait que, pour des raisons non encore révélées, Damas est la cité de la joie de Dieu.

Dans ses prophéties de la première période persane, Zacharie diffère d'Amos, Isaïe et Jérémie, car il n'annonce pas la destruction imminente de Damas. Néanmoins, il émet une prophétie, et, quelle qu'elle soit, elle se rattache clairement à Damas. Tout dépend de la manière de traduire, puis d'interpréter le fascinant verset 9, 1 : « Et elle [la parole de Dieu] s'arrêtera sur Damas, car c'est au Seigneur qu'appartiennent tout être humain et toutes les tribus d'Israël » ou : « Et Damas est sa demeure, car le Seigneur a l'œil sur les hommes comme sur toutes les tribus d'Israël ». La confusion de ce verset est évidente dans le *midrash* suivant : « Juda, notre maître, combien de temps encore vas-tu nous déformer les versets ? J'en appelle au ciel et à la terre pour témoigner que je suis de Damas, et qu'il existe un endroit nommé Hadrak. Eh bien comment expliquer : « *Et Damas est sa demeure* ? [le rabbin Juda répondit] Que Jérusalem doit s'étendre jusqu'à Damas. *Sa demeure* signifie seulement Jérusalem, comme on dit : *Ceci est ma demeure éternelle.* »

Mais si les versets et les traditions de la littérature sacrée judéo-chrétienne qui mettent l'accent sur le statut de Damas à la fin des temps peuvent être mal ou difficilement interprétés, leurs parallèles islamiques sont beaucoup plus catégoriques. La Grande Mosquée de Damas a trois tours ou minarets. Le minaret blanc à l'est est connu comme le Minaret du Christ parce que les musulmans croient que c'est le lieu où apparaîtra le Christ à la fin des temps. Cette croyance vient d'une tradition prophétique qui attribue à Damas un statut qu'aucune autre tradition sacrée ne lui attribue avec autant de clarté :

« Jésus, le fils de Marie, descendra de la tour Blanche à l'est de Damas. Il sera porté par deux anges, ses mains se tenant à leurs ailes. Lorsqu'il lèvera la tête, des gouttelettes d'eau tomberont comme des perles. »

L'Evangile de Damas

Avertissement

Cette œuvre n'est ni une autobiographie ni une étude de théologie. C'est une œuvre de fiction, un roman.

Bien sûr, elle s'inspire parfois de gens réels et d'événements qui ont croisé mon chemin. Pourtant, toute tentative de représentation de la réalité à partir de ces détails ne pourra qu'arriver à de très bizarres et très fausses conclusions.

Elle s'inspire aussi de la manière époustouflante dont Dieu intervient dans nos vies. Mais toute tentative de tirer des conclusions théologiques de ce roman qui parle d'anges, de leurs qualités, et de la manière dont la Volonté divine se communique à la terre, conduira encore une fois à des conclusions qui n'ont jamais été dans l'intention de l'auteur.

J'ai fait de mon mieux pour montrer un véritable respect des traditions de toutes les croyances. A tous ceux qui ont trouvé dans ce roman quoi que ce soit d'offensant, exprimé clairement ou simplement de façon implicite, je demande pardon et indulgence.

Autres ouvrages
Virginia Institute Press

Communicative Focus: Teaching Foreign Language on the Basis of the Native Speaker´s Communicative Focus, 2nd Edition, Boris Shekhtman – Juin 2015

Côte à côte : Etude comparative de l'anglais et du français (français et anglais), Jacques Bourgeacq – November 2015

Diagnostic Assessment at the Superior / Distinguished Threshold, Bella Cohen – Janvier 2015

The Gospel of Damascus (anglais, arabe et français - roman), Omar Imady – Octobre 2016

How to Improve Your Foreign Language IMMEDIATELY, 3rd Edition. Foreign Language Communication Tools, Boris Shekhtman – Janvier 2014

Individualized Study Plans for Very Advanced Students of Foreign Language, Betty Lou Leaver – Novembre 2016

Poemas y Laberintos/Poems and Labyrinths (anglais et espagnol – poésie), Idy Linares – Mai 2015

Sonría y aprenda/Smile and Learn (anglais et espagnol – lecture, compréhension et vocabulaire), Idy Linares – Septembre 2014

What Works: Helping Students Reach Native-Like Second-Language Competence, 2nd Edition. Rocío Txabarriaga, editor. Authorial collective: Rajai Rasheed Al-Khanji, James Bernhardt, Gerd Brendel, Tseng Tseng Chang, Dan Davidson, Christian Degueldre, Madeline Ehrman, Surendra Gambhir, Jaiying Howard, Frederick Jackson, Cornelius Kubler, Betty Lou Leaver, Maria Lekič, Natalia Lord, Michael Morrissey, Boris Shekhtman, Kenneth Shepard, Svetlana Sibrina – Mai 2015

Working with Advanced Foreign Language Students, 2nd Edition, Boris Shekhtman – Mars 2016

www.virginiainstitutepress.com

www.ingramcontent.com/pod-product-compliance
Lightning Source LLC
Chambersburg PA
CBHW032048240626
47154CB00003B/1123